I0654626

VICE & VERTU

Chronique d'une femme dévoyée

Tome I

SÉRIE : VICE & VERSA

AUTEUR :

Laure Philips

ISBN : 978-2-9553349-1-1

EAN : 9782955334911

Avertissements aux lecteurs

Cette histoire est basée sur une expérience vécue. J'ai volontairement changé les noms des protagonistes et les détails susceptibles de m'identifier.

Je suis passée par tellement d'épreuves que mes idées sont encore emmêlées. J'écris ce récit pour remettre de l'ordre en moi. Ma perception des évènements n'est plus la même qu'à l'époque. Je ne pense plus pareil. Je n'ai plus les mêmes envies, plus les mêmes rêves. Je suis une autre. Restituer avec fidélité mes émotions au moment où les faits se sont produits, me souvenir de la jeune femme que j'étais, c'est me plonger dans le passé d'une quasi-inconnue, cette inconnue qui me regarderait aujourd'hui comme une étrangère...

Laure Philips

La caisse noire

mars 2002

A la date où commence ce récit, je filais le parfait amour avec Paul, « l'Homme de ma vie ». Aujourd'hui, je dirais plutôt « l'Homme de ma vie d'avant », celle des années Fac et des quelques autres qui ont suivie.

Paul me plut dès le premier regard. D'ailleurs, je me suis arrangée pour donner un coup de pouce au destin en m'installant « par hasard » à côté de lui en cours de math. Je n'ai pas mis longtemps à résoudre l'équation triviale à deux inconnues : lui et moi étions faits pour vivre ensemble !

J'ai quand même attendu trois ans, diplôme en poche, avant de lui passer la corde au cou. Je passe sur les détails de notre union. Dans les grandes lignes, je décrirais Paul comme quelqu'un de foncièrement gentil, doux, tendre, attentionné : pas du genre à oublier mon anniversaire, si vous voyez ce que je veux dire... Autre signe qui ne trompe pas chez un homme, il n'attendait pas les fêtes carillonnées pour m'offrir des fleurs. Et un dernier critère, pas des moindres, il ne rechignait pas aux tâches ménagères. En résumé : il était la perle rare !

Nous formions un couple harmonieux et complice, partageant une multitude de bons moments : sorties « resto », soirées « ciné », cours de danse, etc. Les week-ends se passaient le plus souvent en amoureux, parfois à la campagne ou encore à la mer. Rien ne semblait pouvoir assombrir notre horizon radieux.

Au passage, vous vous demandez sans doute à quoi je ressemble. Sur un site de rencontres, je cocherais les cases suivantes : brune, les cheveux noir de jais, les yeux verts, taille moyenne, la silhouette élancée, préfère s'habiller en tailleur et chaussures à talons qu'en « jeans et baskets ».

Pour compléter le profil psychologique, je dirais que je suis de nature plutôt discrète mais très bien dans ma peau. Sûre de mon charme, je ne laissais aucune place aux moindres rapports de séduction. En un mot, j'étais fidèle et heureuse de l'être.

Nous habitions un appartement parisien. Paul occupait un poste d'informaticien dans une grande banque française. Il gagnait correctement sa vie. Je travaillais à mi-temps au secrétariat d'une agence immobilière.

Nous avions quelques difficultés financières. Pour arrondir nos fins de mois, je tenais la comptabilité d'une petite société de services appartenant à ma sœur Bérengère et à sa grande amie Sonia. Ce travail comprenait, en contrepartie, la gestion d'une « caisse noire ».

C'est elle qui fut à l'origine de mes premiers tracas. Je dois avouer que j'avais pioché dans ces fonds à deux ou trois reprises. Étant la seule gestionnaire de ce pécule, je considérais ces emprunts comme de simples « différés » de trésorerie.

A chaque fois, je m'étais fait un point d'honneur à rembourser scrupuleusement mes dettes. En outre, j'informais ma sœur de ces petites entorses à la règle, excepté pour la dernière... D'ailleurs, j'avais carrément omis d'en parler à qui que ce soit !

Cela concernait l'achat d'un véhicule d'occasion pour Paul. Il avait eu un différend avec ma sœur Bérengère, et aurait refusé de lui devoir le moindre centime... quant à Bérengère, elle aurait eu beau jeu de condescendre à ce prêt. Pour ne mettre quiconque dans l'embarras, pas même mon banquier, j'avais choisi de n'en parler à personne, et de rembourser ultérieurement.

Vaste concours de circonstances, c'est précisément à cette période que Bérengère se brouilla avec son associée. Sonia était à l'origine du projet. Par amitié, elle avait associé ma sœur à la création de son entreprise. Maintenant que la dispute entre elles était consommée, Sonia n'avait qu'une idée en tête : éjecter Bérengère.

***

Un beau matin, j'appris qu'un audit avait été demandé, un expert-comptable mandaté, et sous 15 jours, je me retrouvais pressée de questions sur cette fameuse caisse noire. Un grand escogriffe au visage sévère, très sûr de lui car bien renseigné par Sonia, produisait l'ensemble des « pièces douteuses » de la comptabilité, certaines alimentant la caisse noire. Imperturbable, il me fit l'exposé méthodique de toutes les implications que cela pouvait avoir pour moi.

Cette idiote de Sonia, par pure jalousie, était prête à scier la branche sur laquelle elle était assise. Elle entraînerait Bérengère, et moi par la même occasion, dans les affres d'un redressement fiscal, mais peut-être aussi dans des démêlés judiciaires...

Faux, usages de faux, abus de biens sociaux et tutti quanti ! Je tremblais de tous mes membres et mesurais à quel point j'étais à sa merci.

Monsieur Macchias m'expliqua que Sonia voulait simplement reprendre les choses en main. Un arrangement était possible. Il proposa de certifier la comptabilité, et accessoirement, d'antidater quelques documents dans le but de mettre un terme aux éventuelles poursuites pénales. Quant au redressement fiscal que Sonia voulait infliger à Bérengère, je pourrais éventuellement, d'après lui, y échapper grâce à une de ses connaissances.

J'étais décomposée mais sa volonté « d'arranger » la situation me rassura quelque peu. Il me demanda de venir sous huit jours dans son cabinet, munie du livre de comptes « occulte » pour « régulariser la situation ». Pour ne pas alarmer Paul, je ne lui dis rien de tous ces problèmes que je pensais pouvoir résoudre seule. Il nota simplement le soir même que je n'avais pas l'air dans mon assiette. Je mis tout cela sur le compte de problèmes gastriques.

Passer à la « ca...isse »

Je me présentai vers quatorze heures dans les locaux de la société Macchias & Wells, situés en plein cœur de Paris. Monsieur Macchias me fit « poiroter » une bonne heure dans le salon attenant à son bureau, sous les yeux d'une secrétaire « bcbg » à la mine renfrognée et coiffée d'un odieux chignon. Cette mégère me lorgnait de temps en temps d'un air réprobateur. Chaque regard qu'elle décochait m'accusait de tous mes péchés. Je me sentais tellement coupable ! Je fixais vaguement le plafond pour éviter ce supplice, quand une voix très haut-perchée me fit sursauter en m'annonçant que Monsieur Macchias allait me recevoir.

Je réajustai ma jupe jusqu'aux genoux, me levai, et avançai d'une allure empruntée. J'avais peur de perdre l'équilibre à chaque pas. Monsieur Macchias vint à moi, me serra la main d'une poigne très ferme. Cet abruti me fit mal ! Il avait toujours cette même mâle assurance. D'un regard détaché, il me toisa, renforçant mon sentiment de malaise.

— Bonjour, vous allez bien ?

Il en avait de bonnes...

— Bonjour. Ça pourrait aller mieux... mais je fais aller.

— Asseyez-vous.

Je pris place sur un siège au design minimaliste tandis qu'il me faisait face dans un confortable fauteuil « Chesterfield ».

— Avez-vous le livre de comptes ?

— Oui, bien sûr. Le voici.

— J'ai, moi aussi, fait le nécessaire.

Il se retourna, ouvrit un coffre placé derrière lui, y posa le livre que je venais de lui remettre, se saisit d'une chemise cartonnée, referma le coffre et dit en me tendant le document :

— Voici l'ensemble des pièces « manquantes » de votre comptabilité. Elles « régularisent » en quelque sorte la situation. Nous n'avons plus qu'à parapher tous les deux.

Marquant une pause, d'un ton sentencieux qui m'intrigua, il ajouta :

— Je sais que vous mesurez parfaitement ce à quoi vous échappez grâce à ces documents.

Je m'empressai de lui dire :

— Oui ! Oui ! Et je vous en remercie infiniment.

— C'est exactement ce que je voulais entendre, répondit-il d'un ton péremptoire. Mais vous allez faire bien davantage.

Interloquée, je fis mine d'avoir mal entendu.

— Pardon ?

Il se leva de son siège et vint s'asseoir sur l'angle de son bureau. Mi-souriant, mi-menaçant, il me dit le plus sérieusement du monde :

— Oui, vous avez deux options : soit vous acceptez mes conditions, c'est à dire ces documents contre votre petit cul.

Je sursautai, incrédule devant cette proposition indécente. Une colère sourde monta en moi.

— Soit vous vous levez et franchissez le seuil de cette porte, et ferez face à toutes les accusations qui pèsent contre vous.

J'étais stupéfaite. Je n'arrivai pas à encaisser le choc. Je me levai enfin, verte de rage, et hurlai :

— Vous n'êtes qu'un porc !

D'une main puissante posée sur mon épaule, avec une force que je n'imaginais pas, il me fit rasseoir. Il reprit sans se départir de son calme olympien.

— Vous ne croyez pas si bien dire, mademoiselle.

Pour mieux me faire soupeser le poids de chaque mot, il articulait exagérément chaque syllabe. Son regard menaçant complétait parfaitement le fond de sa pensée.

— Pourtant, prenez le temps de la réflexion. Votre colère me parait légitime. C'est une réaction saine et spontanée. Je n'en attendais pas moins de vous. Mais elle est mauvaise conseillère. Réfléchissez à la situation et aux implications d'un tel refus sur votre avenir. Il vous faudra des années pour remonter la pente. Tandis que le marché que je vous propose met fin instantanément à vos problèmes.

Mes tremblements avaient repris, mes tempes bourdonnaient, ma vue s'embrouillait. J'aurais voulu me lever que mes jambes ne m'auraient pas portée. Je me sentais, telle une bête traquée, prise au piège d'un redoutable prédateur.

— Pas la peine de dire oui ou non. Simplement, laisse-toi faire.

Je le vis déboutonner son pantalon, qu'il laissa choir à ses pieds. Il baissa son slip jusqu'en haut des cuisses, dévoilant son sexe qui pendouillait encore, à peine turgescent. Il le prit dans sa main, l'approcha de mon visage. Je sentis son odeur savonnée et musquée à la fois. J'avais sous les yeux le membre de cet individu que je haïssais. Il m'imposa cette présence dont je voulais me débarrasser. Je m'accrochai aux accoudoirs pour enfin me dégager, quand il me saisit par la nuque.

Pour la première fois son gland toucha ma peau. Il le passa sur ma joue, sur mon nez, puis sur mes lèvres que je maintenais serrées. Son sexe gonfla à vue d'œil. J'étais prostrée, assise sur le rebord de ce fauteuil, avec cet homme qui baladait sa verge sur mon visage et parfois la tapotait sur mes lèvres. Il passa sa main sous mon menton et releva sa queue pour appliquer ses couilles sur ma bouche. Avec le contact désagréable de cette masse molle et velue, je pris conscience de la situation, même si elle avait quelque chose d'irréel.

J'étais le jouet sexuel de ce maître-chanteur. Comment avais-je pu laisser ce manège se prolonger ? J'allais mettre fin à ce dégoûtant chantage. A l'instant où je m'apprêtai à dire :

— Non...

Entrouvrant à peine les lèvres, son membre se fit un passage. Comme il tenait encore mon menton, il poussa son avantage jusqu'au fond de mon palais.

Au moment même où je trouvai la force de me délivrer, je pris son pieu dans la bouche. L'idée qu'il puisse penser que j'avais eu envie de le happer me révolta, mais il baisait ma bouche et je ne fis plus rien pour l'en empêcher. C'est un fait.

Une main sous mon menton, l'autre sur ma nuque, je subissais ses coups de reins de plus en plus volontaires. Je mesurais sa vigueur, sa force et son envie grandissante. Je réalisais que son sexe était long et noueux. C'était le plus gros que j'avais eu l'occasion de sucer.

— Tu vois que c'est pas si dur de sucer une queue, avec tes airs de « Sainte-Nitouche », qui aurait cru que tu ouvrirais tes lèvres à mon gros chibre ?

Son mouvement était de plus en plus ample et il s'enfonçait de plus en plus loin dans ma gorge. Je mis une main sur son ventre pour le retenir.

— Oui ! Touche-moi ! Caresse-moi les couilles.

Comme je ne bougeais pas, il prit mon bras, me saisit au poignet et glissa ma main à hauteur de ses couilles. Malgré moi, j'acceptai ce contact. D'abord immobile, je me contentai de les laisser frotter sur la paume de ma main. Elles étaient lourdes et douces. Après les avoir flattées de la sorte de longues minutes, mes doigts se resserrèrent sur elles.

Il avait lâché mon visage pour glisser une main dans chaque bonnet de mon soutien-gorge. Ses mains chaudes sur ma peau me firent frissonner et immédiatement mes pointes se dressèrent. Ce détail ne pouvait lui échapper et ses doigts pincèrent les extrémités de mes seins. Je les ai malheureusement très sensibles. Comme si je lui avais tout révélé de mes goûts en la matière, il les énerva de la plus délicieuse des façons.

Ma main glissa de son ventre vers son pubis pour atteindre la base de son sexe. J'en faisais à peine le tour entre le pouce et le majeur. Par cette prise, je voulais retenir sa furie à baiser ma bouche, mais cette initiative révéla que j'avais pleinement accepté la situation. J'étais désormais une victime consentante.

Je me dis qu'une pipe lui suffirait et que finalement ce n'était pas « la mer à boire ». C'est le moment qu'il choisit pour décharger dans ma bouche.

Quand il m'assena ses derniers coups de boutoir avec une incroyable vigueur, ma langue se fit la plus douce possible, jouant délicatement avec sa hampe, tandis que mes lèvres serraient sa verge.

— N'en perds pas une goutte !

Sa semence se répandit à gros bouillons, tapissant ma bouche où coulissait encore son membre. Un long filet s'échappa de la commissure de mes lèvres et coula sur mon genou avant de poursuivre sa dégoulinante dégringolade jusque sur mes chevilles.

— Allez ! Avale !

Je n'avais jamais eu une telle quantité de sperme en bouche. Je dus déglutir trois fois pour tout avaler.

La colère avait laissé place à un sentiment mitigé. Je me sentais penaude d'avoir accepté sa proposition, et, en même temps, j'avais éprouvé le frisson de la transgression d'un interdit. Je devais admettre avoir pris du plaisir à sucer une autre queue que celle de Paul.

— Tu as vraiment une belle bouche, Alexandra, et tu t'es montrée très zélée.

Il reprit le manège du départ en baladant sa queue encore dure sur mon visage.

— Regarde-moi.

Pour la première fois, je levai les yeux sur lui. J'avais un sentiment de honte et je crois que j'ai rougi. Il me dit :

— Tu es adorable. Tu aimes ma queue ?

Je ne répondis pas.

— Est-elle plus grosse que celle de ton mari ?

Toujours plongée dans mon mutisme, il m'ordonna :

— Allez ! Réponds !

Je murmurai :

— Oui.
— Plus fort ! Je n'entends rien.
— Oui, elle est plus grosse.
— Bien. Alors maintenant lève-toi.

Il me saisit par le bras. J'accompagnai le mouvement. Je lui dis :

— Vous avez eu ce que vous vouliez. Maintenant laissez-moi partir !

— Tu plaisantes ? C'est toi que je veux, et je vais te prendre, ici et maintenant.

Disant cela, sa main passa derrière ma cuisse. Il remonta ainsi ma jupe en me caressant, jusqu'à saisir fermement ma fesse gauche. Il me plaqua contre lui, baissa son visage vers le mien et posa ses lèvres sur les miennes. Sa langue cherchait déjà le passage et je cédai enfin.

Il me fouilla tellement avec sa langue que je me sentis déjà prise par la bouche et pénétrée par avance. Sa main glissa sous mon string, il palpa mon cul et ma fente. Tous ses gestes étaient d'une impudeur totale. Et pourtant, je sentais que je n'avais d'autres choix que d'accepter.

Bien sûr, j'avais été contrainte et forcée mais quelque chose de troublant se rajoutait à ce que je vivais. Totalement dominée, totalement soumise à sa volonté, je découvris un plaisir d'un genre nouveau. Je ne l'analysai pas, je me laissai simplement aller et obéis à chacune de ses injonctions.

— Mets tes mains sur le bureau et cambre-toi.

Je m'exécutai. Il se plaça derrière moi, releva ma jupe au-dessus de mes fesses, baissa mon string à mi-cuisses. Sa main explora méticuleusement mon intimité. J'étais sur le point de défaillir de plaisir à cette caresse, quand je sentis son souffle chaud sur mon abricot. Sa bouche le goba entièrement. Sa langue fouilla ma fente comme elle l'avait fait pour ma bouche. Je jouis en l'espace de quelques secondes, poussant un cri de plaisir qui emplit toute la pièce.

Je m'affalai sur le bureau, renversant une pile de documents. Encore une fois, la honte me submergea, il était impossible que la secrétaire n'ait pas entendu tout ce vacarme. J'avais joui si fort !

Je ne m'étais pas encore remise de mes émotions que sa trique m'empala jusqu'à la garde. Encore une sensation nouvelle, celle d'être totalement emplie. Ses mains agrippées à mes hanches, il me culbuta sans ménagement sur son bureau.

— Tu aimes ça ?

— ...

Je me contentai de ressentir ses assauts en gémissant.

— Dis-moi que tu aimes.

— Oui, j'aime.

— Elle est bonne ma queue ?

— Oui.

— Redis-le.

— Oui.

— Non. Dis-moi : « Elle est bonne ta queue ». Je veux entendre ces mots dans ta bouche.

— Oui. Elle est bonne ta queue.

— Elle va plus loin que celle de ton mari ?

— Oui.

— Dis-moi qu'elle est meilleure que la sienne.

— Oui.

— Non, je veux entendre une phrase.

— Oui, elle est meilleure que la sienne.

— Comment s'appelle-t-il ton mari ?

— Paul.

— Dis-moi que tu préfères ma queue à celle de Paul.

— Oui, je préfère ta queue à celle de Paul.

— Tu es une belle salope. Dis-le-moi !

— Oui, je suis une salope.

— Tu n'as pas honte de te faire baiser comme une chienne en pensant à lui.

— Si...

Je perdis tout contrôle. La brûlure de plaisir grandissait, enflait démesurément, jusqu'à l'explosion.

— Aaaaaaaaaaaaaahhhhhhhhhhhhh ! Je jouis !

Jamais je n'avais joui dans cette position ! Je venais de connaître une extase incroyable, faite de sensations physiques intenses mêlées de culpabilité.

Pourtant, pas le temps de souffler, il continua de me défoncer de plus belle. Hors d'haleine, j'aurais voulu savourer ma jouissance, mais, tel un beau diable, il harponnait mon con. Je sentis un doigt sur ma rosette. Il l'avait palpée tout à l'heure, et revint à la charge dans cette position où elle était offerte à sa vue.

— Tu vois, quand on baise une salope comme toi, la fête n'est pas totale si on ne l'encule pas.

— Non ! Pas ça !

— Tais-toi. Tu ne bouges pas. Tu serres les dents et tu m'offres ton cul. Souviens-toi, c'est ton cul que je veux. C'est notre marché.

Je l'entendis cracher sur mes fesses et tandis qu'il me baisait avec moins d'application, je le sentis se concentrer sur mon anus. Il le graissa méthodiquement avec deux doigts. Il s'y prit de mieux en mieux et la coordination devint parfaite. Après deux minutes de ce traitement, j'explosai de jouissance une nouvelle fois. Sa queue, ses doigts, ses mots, la situation... tout amplifia mon orgasme.

Orgasme ! C'est ce mot qui me vint à l'esprit. Mes jouissances avec Paul étaient plus ou moins intenses et je croyais réellement avoir connu l'orgasme avec lui. Mais, à cet instant, je pris conscience qu'il n'en était rien. Je venais de connaître le premier.

J'étais sa chose. Il le savait. Quand je pensai la première fois être à sa merci, je n'entrevoyais pas la suite. A cet instant, je mesurai la portée de mes paroles.

Allongée sur son bureau, embrumée de plaisir, le cul dilaté par ses doigts, je sus que j'allais subir l'ultime outrage. Son gland se plaça à l'entrée de mes fesses. Il marqua une pause et me dit :

— Demande-moi de t'enculer.

Et ces mots que je n'aurais jamais pensé prononcer vinrent le plus naturellement du monde.

— Oui, encule-moi.

— Dis-moi que tu en as envie.

— Oui, j'en ai envie.

— Encore.

— Encule-moi. J'en ai envie.

Sa queue se fraya un chemin, centimètre par centimètre, dans mon cul, jusqu'à ce que ses couilles se plaquent sur ma chatte. J'étais prise jusqu'à la garde et je trouvais la sensation agréable. Il me pilonna en variant le rythme, tantôt accroché à mes hanches, tantôt agrippé à mes fesses. Puis, il saisit mes épaules et me redressa.

— Tu aimes ça ?

— Oui, j'aime.

— Touche-toi.

Je glissai immédiatement une main sur ma chatte pour exciter mon clitoris. Il était presque douloureux. Je sentis mon bourreau au bord de l'explosion.

— Dis-moi que tu as envie de recommencer encore d'autres fois.

— Oui.

— Tu viendras te faire enculer ici chaque semaine ?

— Oui.

— Tu es ma petite salope maintenant.

— Oui, je suis ta petite salope.

J'ai joui en proférant ces insanités. J'ai senti son sperme chaud se répandre au fond de moi. Il s'est affalé de tout son poids sur mon corps. Nous sommes restés imbriqués l'un dans l'autre quelques minutes. Il débandait lentement et mes fesses expulsèrent son membre ramolli.

Il fut le premier à se ressaisir. Il remit mon string qu'il fit claquer sur mes fesses, abaissa ma jupe, me releva. Je sentis le sperme qui s'écoulait lentement le long de ma cuisse. Il déposa un baiser sur mes lèvres.

— Je vous en prie, asseyez-vous.

Sans prendre la peine de remettre son pantalon, il s'assit sur son fauteuil et, comme si de rien n'était, commença à parapher les documents. Il me les tendit pour que j'en fasse de même. Je trouvais la scène assez surréaliste. J'avais encore les chairs dilatées de ses assauts et il expédiait les affaires courantes ! Toujours décontenancée, je paraphai et signai. Il prit congé de moi en disant :

— Je vous ferai signe sous peu. Vous avez encore le volet fiscal à régler. Mais là aussi, un arrangement est possible.

Je rougis jusqu'aux oreilles. Encore une fois, je me demandai comment j'avais pu accepter de m'abaisser à ce point.

— En sortant, vous passerez voir ma secrétaire, madame Gatie. Elle devra tamponner chaque document.

Il se leva, revint vers moi, me prit la main, la plaça sur son sexe. De l'autre, il passa sous ma jupe et me palpa jusqu'à glisser un doigt dans chacun de mes trous. Il m'embrassa à pleine bouche. Et comme l'aurait fait un éleveur parlant de sa pouliche en lui tapotant la croupe, il se fendit d'un petit compliment :

— Vous êtes extra ! Tout en me faisant comprendre du geste que je devais prendre congé.

Les cheveux ébouriffés, encore dégoulinante de sperme, sentant le foutre à dix mètres, je déposai au passage les documents sur le bureau de sa secrétaire. Elle m'accueillit avec un petit sourire en coin, prenant tout son temps pour apposer son cachet sur chaque feuillet. Elle me toisa de la tête aux pieds, comme pour découvrir la trace de chacun des outrages que j'avais subis. En me tendant la chemise, elle me dit :

— Vous trouverez un WC et une salle d'eau en face de mon bureau.

Ce fut ma dernière petite humiliation avant de quitter ce bureau.

Caisse de résonance

lundi 1ᵉʳ avril au soir

Durant tout le trajet me ramenant à l'appartement, je revoyais le film de ces dernières heures. J'avais encore le sperme de cet inconnu dans mes fesses quand je repensai à cette sodomie. Le plaisir était bien sûr parti. Je n'avais plus que de la répulsion. Comment un homme peut-il être aussi abject pour obtenir un rapport sexuel avec une femme ?

Humiliée. Totalement humiliée. J'angoissais à l'idée de trouver Paul à mon retour. Mais à mon grand soulagement, il n'était pas là.

Je m'empressai d'aller aux toilettes pour me vider du foutre de ce porc, puis filai sous la douche. Le jet chaud sur ma peau me rappela certaines sensations que mon esprit rejetait de toutes ses forces.

J'avais tellement été tripotée sous toutes les coutures, qu'à chaque contact de ma main sur ma peau, je repensais à ses mains. En savonnant mon visage, je revoyais sa queue sur ma joue. En rinçant ma bouche, le jet d'eau me rappelait la décharge chaude au fond de ma gorge. Mes souvenirs se télescopaient, oscillant entre attirance et répulsion.

Je reçus plusieurs appels. Je laissai sonner le téléphone sans répondre. Je me doutais que Bérengère venait aux nouvelles. Je n'avais aucune envie de lui faire un rapport détaillé de la situation. J'avais assez payé de ma personne pour m'octroyer un répit.

Je me posais cent mille questions. Devais-je tout révéler à Paul ? Dans cette histoire, j'étais la victime. Victime d'un odieux chantage et d'un viol. Car c'était bien un viol. Mais le sentiment de culpabilité était le plus fort. D'abord parce que j'avais menti. Menti par omission en empruntant dans cette fameuse caisse noire. Mensonge qui avait entraîné le suivant. Je n'avais pas jugé bon de parler de l'audit, m'enferrant dans d'autres complications, certaine de résoudre seule le problème.

L'enfer est pavé de bonnes intentions. J'étais coupable de ces péchés véniels mais il en est un que je devinais mortel. J'avais du mal à me l'avouer à moi-même : celui d'avoir connu la jouissance avec M. Macchias. J'étais condamnée à vivre avec cette faute que jamais je ne pourrais expier.

.

Je regardais la télé, pour me changer les idées, quand Paul rentra. Bien sûr, ce soir-là, il se montra particulièrement câlin... Je ne pus indéfiniment repousser ses avances. Il me fit l'amour tendrement. J'avais pourtant l'impression d'être spectatrice de la scène. Malgré moi, je revoyais les images de l'après-midi. Je me surprenais même à comparer les sensations de ces deux sexes en moi. A mon plus grand désarroi, je dus concéder que mes sensations étaient incomparablement plus fortes avec l'autre. Tandis que Paul s'agitait en moi au bord de l'extase, la pensée fulgurante que le sexe de M. Macchias me faisait davantage d'effet que le sien m'excita au plus haut point.

Du rôle de spectatrice indifférente, je passai subitement à celui de chienne en chaleur. Intérieurement, je me murmurai que j'étais vraiment une belle salope. Je jouis instantanément quand Paul déchargea en moi.

— C'était fort Chérie ?
— Oui, très, mon Amour.
— Je t'aime.
— Je t'aime.

J'eus un sommeil très agité cette nuit-là.

Retrouver le fil

mardi 2 avril

Bérengère me téléphona aux aurores. Paul était déjà parti au travail. Je ne pouvais plus me dérober et décrochai.

Comme de bien entendu, elle me reprocha de ne pas l'avoir appelée hier pour la tenir informée de mon entrevue avec Monsieur Macchias. Je trouvai un prétexte pour me justifier. Sa mauvaise humeur se focalisa rapidement sur Sonia. Elle ne décolérait pas depuis plusieurs semaines, horrifiée par le désir de vengeance et les menaces de sa future ex-associée.

Je l'écoutai vider son chapelet et essayai de la rassurer. Je m'efforçai de la convaincre qu'une solution amiable était envisageable et que je pouvais la négocier. Pour preuve, je lui détaillai la première avancée significative : la régularisation des comptes. Je lui expliquai que viendrait ensuite l'aspect fiscal et qu'il faudrait sans doute batailler encore un peu pour s'en sortir.

Au fil de la conversation, certains détails évoqués me rappelaient d'autres souvenirs autrement plus embarrassants. N'était-ce pas moi qui aurais eu besoin de réconfort ? Décidément c'était le monde à l'envers ! Mais je parvins à donner le change.

D'où me venait cette force ? Je n'en savais rien. Sans doute l'instinct de survie. Je devais retrouver mon équilibre après ce moment d'égarement. Je n'avais pas le choix. Une seule chose était certaine. Jamais plus je n'accepterai les compromissions de cette ordure de Macchias. J'avais préparé un petit laïus pour le moment où il viendrait à me joindre.

Je dus patienter jusqu'au lendemain.

Un coup de fil

mercredi 3 avril

Il m'appela au téléphone.

— Bonjour Alexandra. Je me permets de vous appeler pour que vous passiez lundi dans nos locaux. Nous avons le volet fiscal à aborder ensemble.

Remontée comme un ressort, je pouvais enfin me racheter :

— Que ce soit clair, vous n'avez plus rien à espérer de moi. Jamais plus je ne remettrai les pieds là-bas. Je ne veux plus jamais vous revoir !

D'un ton faussement embarrassé, il me répondit :

— Les choses ne sont pas si simples qu'il y parait.

Il reprit de manière enjouée :

— Et si je m'en tiens à vos promesses, vous deviez devenir ma petite salope, non ?

Je vidai mon sac :

— Jamais plus ! Vous m'entendez bien !? Jamais plus vous ne poserez vos sales pattes sur moi ! Vous me dégoûtez. Vous êtes vil, écœurant, abject. Votre chantage était ignoble !

Avec le plus grand calme, il rétorqua :

— Ne dites pas des choses que vous pourriez regretter. Je pense que je saurai vous infléchir. Je me rappellerai à votre bon souvenir d'ici peu.

Et il raccrocha.

Je ne savais que penser de ses menaces à peine déguisées. De toute façon, il s'était lui-même compromis pour régulariser la situation. J'étais remontée et bien décidée à ne pas m'en laisser compter. Comme pour me donner du courage et renforcer ma détermination, je dis à voix haute :

— Je ferai face et il n'aura pas d'autre choix que de me foutre la paix !

La boite noire

Le jeudi matin, je reçus un colis à mon domicile. Il s'agissait d'un DVD avec le message suivant inscrit dessus :

« Pour Paul, Alexandra qui t'aime.

PS : RDV / même lieu / même heure. »

Ça ne ressemblait pas à Paul de me faire ce genre de surprise, et quelque chose clochait avec l'intitulé... Je me suis empressée de visionner le DVD. Il débutait par :

— Pas la peine de dire oui ou non. Simplement laisse-toi faire.

Monsieur Macchias déboutonnait son pantalon, sortait sa queue et la baladait sur mon visage. La suite, vous la connaissez déjà ...

Le porc avait la cassette de nos ébats, et me faisait chanter en menaçant de tout révéler à Paul. J'étais folle de rage. Comment garder les idées claires avec un pervers pareil ?

Je devais tout dire à Paul, et assumer les conséquences. J'avais pris ma décision.

Mais plus l'heure avançait et moins mes convictions étaient fermes. Je savais pertinemment qu'en lui révélant le chantage, il voudrait voir le film. Et ce film était, en bien des points, aussi accablant pour moi que pour mon maître-chanteur. Notre couple n'y résisterait pas. Or je voulais tout subir sauf ça.

Je cachai le DVD parmi ma collection de films anciens. J'accueillis Paul de mon mieux à son retour du boulot.

Que pouvais-je faire ? A qui me confier ? Je compris que j'étais pieds et poings liée à ce monstre, et que je devais assumer seule la suite des événements.

Ma culpabilité était immense. Non seulement j'avais cédé à son ignoble marché, mais j'en avais éprouvé du plaisir et, sur ce point, je ne pouvais pas me pardonner. Les remords me tourmentaient sans cesse, et pire encore : à force de ressasser la scène, des pulsions sexuelles créaient de sourds désirs dans le bas de mon ventre.

Comme par hasard ce samedi soir, je tombai sur les images d'un film x diffusé sur Canal. J'en regardais parfois avec Paul, mais jamais je n'avais succombé à ce plaisir en solitaire. Pour la première fois de mon existence, je me suis attardée dessus.

Une jeune femme rejoignait son copain sur un chantier, et se faisait baiser sous les yeux de son chef, qui ne tardait pas à les rejoindre. J'ouvris de grands yeux en la voyant se faire prendre par ses deux orifices en même temps. Je coupai promptement en entendant du bruit dans la chambre. Même en regardant ce film, je me sentais adultère.

Ce soir-là, je m'endormis avec une main entre les cuisses, me caressant longuement sans me faire jouir. L'idée de visionner de nouveau le DVD me traversa l'esprit. Quelque chose d'irrésistible me poussait à le faire, mais la peur d'être surprise par Paul m'en empêcha.

La boite à malice

Malgré les innombrables tourments que provoquait cet ignoble chantage, je me retrouvai le lundi à quatorze heures face à Madame Gatie dans les bureaux de « Macchias & Wells ». Elle me dit que Monsieur Macchias était en réunion mais qu'elle allait le prévenir de mon arrivée. Ce qu'elle fit. Elle m'informa que la réunion se terminait dans dix minutes et que je pouvais le rejoindre au premier étage. Je croisai une dizaine de personnes dans les couloirs et Monsieur Macchias me fit signe d'entrer dans une vaste salle éclairée de larges baies vitrées, deux autres personnes étaient encore présentes à ses côtés.

— Mademoiselle Alexandra A., voici deux de mes collaborateurs : Éric et Arnaud.

Après les formules de politesse usuelles Monsieur Macchias m'informa du point suivant :

— Ils connaissent parfaitement votre dossier.

Arnaud expliqua :

— Oui, nous avons étudié chaque élément avec la plus vive attention, en particulier la vidéo. Nous voulons vous faire savoir que votre cas nous intéresse.

Je réalisai qu'il parlait de l'enregistrement vidéo, d'autant qu'il rajouta :

— Et votre cul aussi.

Je vociférai :

— Mais vous me prenez pour une pute ?

Monsieur Macchias, toujours aussi sûr de lui, rétorqua :

— Tu es venue aujourd'hui en sachant que tu te ferais baiser.

D'une télécommande, il obscurcit les vitres de la salle, puis projeta sur un grand écran nos ébats de la semaine passée. C'était le moment où il me pénétra pour la première fois. Un vrai film X dont j'étais l'héroïne.

Je ne trouvai rien à répondre. Oui, je savais en venant qu'il allait me baiser, mais maintenant, il ajoutait deux autres hommes à la situation.

Il servit un double whisky à chacun. Je le bus quasiment d'un trait pour me donner du courage. Éric et Arnaud me collaient déjà. Ils me déshabillaient des yeux, tout en étant parfois captivés par les images du film. La sono diffusait mes phrases pornographiques, entrecoupées de gémissements ou de cris de jouissance. Je m'entendais dire :

— Oui, je préfère ta queue à celle de Paul.

— Oui, je suis une belle salope.

***

Éric posa sa main sur le plat de ma cuisse, en me regardant dans les yeux, il m'embrassa avec douceur. Arnaud se plaqua contre mes fesses, sa queue déjà toute dure. Ses mains enserrèrent ma poitrine.

— Qu'elle est belle ! Qu'elle est douce, s'extasia Éric.

— Et surtout qu'elle est bonne ! surenchérit Arnaud.

Je déteste ces manières de « Beaufs ». A ce commentaire, je cernai déjà le personnage. Mon dégoût n'en était que plus grand.

D'un côté, Éric m'embrassait avec toute la volupté qu'un homme peut mettre dans un baiser, de l'autre Arnaud me tripotait comme un animal en rut, trop content du « bon coup » qu'il allait « se faire ».

Le whisky commença à faire son effet. Je revivais encore une fois ce sentiment double du plaisir-déplaisir. Monsieur Macchias se contentait de goûter le spectacle de la victime offerte en pâture aux deux mâles. Il caressait parfois la courbe d'un de mes seins du bout des doigts.

N'étais-je pas la marionnette, accrochée par des fils invisibles à ses doigts de manipulateur expert ? Je jouais donc la scène que le marionnettiste avait choisie pour moi.

Ma jupe ne tarda pas à se retrouver sur mes chevilles. Ma petite culotte suivit le même chemin. Mon chemisier était grand ouvert. Arnaud avait passé une main devant pour torturer mon clitoris et, de l'autre, il explora ma fente. Ses gestes étaient brusques.

Sans aucun ménagement, il enfonça son pouce dans mon anus. Je me retournai vivement pour le fustiger du regard, lui signifiant qu'il me faisait mal. En réponse, j'eus droit à un baiser baveux.

Il appuya sur mon épaule pour m'agenouiller et, avant que je ne puisse dire quoi que ce soit, sa queue força le passage de mes lèvres. Cette brute épaisse m'imposa une fellation que j'acceptais malgré moi.

Cela dura deux ou trois minutes avant que je n'aperçoive une autre queue plus fine. Éric se masturbait en observant la scène. Arnaud se dégagea en me tirant en arrière par les cheveux. Il me projeta vers Éric en lui disant :

— Fais-toi plaisir.

Je subissais sans broncher. Arnaud tenait ma tête entre ses mains. L'une dans mes cheveux forçait le mouvement et l'autre pressait mes joues.

— Quelle salope ! Je suis sûr qu'elle mouille, dit-il en retournant fouiller mon entrejambe.

Éric ondulait sensuellement entre mes lèvres. Son attitude tranchait avec celle d'Arnaud. Sa douceur appelait la mienne et, incontestablement, je mis davantage d'application dans mes caresses buccales.

Très rapidement, je le sentis sur le point de défaillir. Il arrêta net son va-et-vient, mais je ne lui laissai pas de répit.

La situation m'excitait vraiment. Je l'aspirais d'un rythme régulier, les lèvres bien serrées sur son membre, la langue glissant sur son frein. D'une main douce et ferme pour le retenir captif de ma bouche, j'empoignai ses bourses. A ce contact, il déchargea immédiatement. Il chercha à chaque giclée à se dégager de mon étreinte, malicieusement je l'emprisonnai jusqu'au dernier soubresaut. La bouche entrouverte, je laissai le sperme filer à la commissure de mes lèvres.

Je m'enfonçais un peu plus dans ce jeu pervers. Je savais que j'étais une victime consentante et que l'excuse du chantage me permettait de vivre ce que je n'aurais pas pu assumer seule.

C'est comme si des fantasmes inconscients faisaient surface et que je les réalisais sur le champ. J'avais les yeux dans le vague en pensant à cela.

Arnaud me sortit de ma rêverie. Il me saisit par les hanches et m'assit sur la table. Il s'approcha, la queue à la main.

— Regardez comme elle mouille. Elle aime ça mais elle fait sa mijaurée. Tu vas morfler, ma salope !

D'un coup sec, il enfila son membre épais jusqu'au fond de ma cavité. Je me laissai choir sur la table. Ses grosses mains enserraient ma taille tandis qu'il m'assenait de grands coups de butoir.

En ouvrant les yeux, je découvris Éric, assis sur le bord de la table, qui contemplait mon visage, son sexe à peine turgescent. Il chercha mon regard, posant délicatement sa main sur mon sein. Je voulais le toucher à mon tour, quand Monsieur Macchias détourna mon visage. Ses couilles pendaient sous mon nez. Acceptant pleinement mon rôle de la petite salope que tout le monde baise, je sortis ma langue pour le lécher par petites touches. Il appuya son sexe déjà gros sur mon visage. Je le capturai d'une main et le guidai vers ma bouche. De l'autre, je cherchai la queue d'Éric.

C'est étrange, je me sentais libre mais totalement dévouée au plaisir de ces trois hommes. Ma main câlinait le membre d'Éric et j'éprouvai de la satisfaction à le faire durcir de nouveau. Je l'attirai vers ma bouche.

Pour la première fois, deux membres frottèrent sur mes lèvres. Ma langue virevolta de l'un à l'autre. Je ne maîtrisais pas totalement mes gestes, la vigueur d'Arnaud enfonçant ma chatte me faisant manquer parfois la cible. Je poussais sans cesse de petits cris de jouissance.

Éric avait du mal à résister à ce spectacle. Il était de nouveau au bord de la jouissance. Je l'empêchai encore une fois de fuir, l'embouchant totalement au moment où il déchargea. Il se redressa violemment. Son sexe échappa à ma bouche et son sperme jaillit à profusion sur mon visage. Je léchai le bout de sa queue chaque fois que je pouvais la ramener à moi, provoquant chez lui d'incontrôlables frissons.

Au fond de moi, j'adorais ces instants. Monsieur Macchias me reprit en main et plongea sa queue jusque dans ma gorge. J'étouffai presque quand il lâcha prise.

— On va lui donner ce qu'elle réclame. Viens là.

Je me relevai et me tins face à lui. Il m'enlaça, fléchit jusqu'à ce que son membre se plaça contre ma fente, et m'empala. Il me souleva par les fesses et s'assit sur le bord de la table.

— Rapproche-toi Arnaud, et encule-la.
— Avec plaisir. Voilà une offre qui ne se refuse pas.

Le sexe encore plein de ma cyprine, il appliqua son bourgeon sur mon petit bouton. J'avais peur de cette sodomie, surtout à cause de son manque de délicatesse. Je m'empressai de lui dire :

— Doucement, s'il vous plaît.
— Elle apprend vite. Ce n'est plus « non », mais « doucement ».

Il s'introduisit bien trop vite. J'eus le sentiment qu'il me déchirait l'anus. Mais je ne pouvais rien faire d'autre que subir cette brute. Je laissai ma poitrine reposer sur celle de Monsieur Macchias et fermai les yeux dans un rictus de douleur. Monsieur Macchias me releva la tête en me tirant par les cheveux :

— Ouvre grand les yeux ! Je veux te voir quand tu te fais enculer.

Je le regardai fixement, les yeux plein de larmes. Lui aussi se mit à osciller. Je sentais ces deux queues si proches, dans mes parois si fines. De longues minutes de souffrances pendant lesquelles je priais pour que cela finisse. Enfin, Arnaud déchargea toute sa semence dans mon cul.

A mon plus grand soulagement, il se retira rapidement.

— A toi, Éric. Profite de ce beau cul accueillant.

Éric prit place dans mon cul élargi, encore gluant du sperme d'Arnaud. J'eus la surprise de trouver la sensation agréable. Il avait retrouvé de la vigueur. Les deux queues me pistonnaient en me donnant un plaisir de plus en plus intense. Une divine brûlure ! Elle enfla pour exploser dans tout mon être. Un violent orgasme me terrassa. Pour la deuxième fois de ma vie, je connaissais cette sensation.

J'aurais préféré que les deux jouissent en même temps que moi. Ce ne fut pas le cas. Dans un état second, je dus attendre qu'ils déchargent enfin. Ils me laissèrent pantelante sur la table. J'entendais dans le lointain des bribes de leur conversation :

— ... un morceau de choix...

— ... Elle aime vraiment ça...

— ... remettre ça bientôt... etc.

« Ta boite à camembert »

lundi 8 avril au soir

Le chemin du retour avait un air de déjà-vu. Groggy, les orifices suintant du jus des ébats de l'après-midi, il me semblait voyager à côté de moi-même, surprise par le cours qu'empruntait mon existence. J'étais habitée d'un sentiment étrange. Je sursautai à chaque fois que je croisais une personne de ma connaissance.

Dans le parking, un voisin me salua. Je devins rouge de honte et mis 20 secondes avant de balbutier un bonjour.

Même chose, quand, dans le hall, je croisai la concierge. Son regard scrutateur renforça mon malaise. Je l'imaginai, notant les menus désordres de ma tenue, et déduisant ce que je voulais absolument cacher. Je l'entendais déjà, colportant les pires ragots sur moi.

Je filai telle une furie poursuivie par le diable, comme si je jouais à me faire peur. Une dernière inquiétude me saisit à la gorge en ouvrant la porte. Et si Paul était là ? J'entrai sans faire de bruit. Non, j'étais bien seule.

Je trouvai refuge sous le jet chaud et apaisant de la douche. Je prolongeai mes ablutions par un bain parfumé.

C'est ainsi que Paul me trouva à son retour, nue et alanguie. Il me complimenta sur mon teint et me trouva une mine épanouie. Je lui souris avec un petit pincement au cœur :

« *Ah... s'il savait...* »

Une vie parallèle ?

mardi 9 avril

C'était les grandes eaux. Non pas une rivière de larmes, mais le premier jour de menstruation. Comme ce flux qui s'échappait de mon intimité, je voulais que le flot de mes pensées se déverse hors de moi, emportant les scories d'un passé trop douloureux.

Mon travail à l'agence me permit de faire le vide. Je me recomposais intérieurement. Je remettais patiemment de l'ordre dans mon esprit et en conçus deux certitudes : premièrement, je tenais par-dessus tout à Paul, et deuxièmement, je ne voulais pas le perdre.

Je réussis à me convaincre qu'il suffisait de ne pas céder à la panique pour que cet épisode n'interfère jamais avec ma « vraie vie ». Ces deux univers pouvaient rester parfaitement étanches.

Le seul risque que j'entrevoyais dépendait de la nature du rapport qu'entretenait Sonia avec Monsieur Macchias. Cependant je n'avais aucune raison de penser qu'il dépassait le cadre strictement professionnel.

La raison et le cœur avaient parlé. Je devais reprendre mon rôle d'épouse modèle. Après tout, beaucoup de personnes mènent une vie parallèle. Et par définition, deux parallèles ne se rejoignent jamais, en tout cas en géométrie euclidienne.

Pour ce qui est de la « géométrie clitoridienne », c'est une autre histoire...

Des pensées asymptotiques

Pourtant, au fil des jours, mon esprit fut accaparé par d'autres pensées moins nobles. Elles se manifestaient toujours en deux circonstances :

D'abord, quand Paul me faisait l'amour, je ne pouvais m'empêcher de repenser à mes ébats avec Monsieur Macchias et ses deux collaborateurs. J'avais honte de me l'avouer mais cela augmentait considérablement mon plaisir. Je me demandais si je connaîtrais un jour l'orgasme avec Paul.

Ensuite, lorsque je me retrouvais seule l'après-midi, faisant défiler le film des événements récents, il me prenait une envie folle de me caresser. Mais je rejetais chaque fois l'idée, la trouvant dégradante.

La tangente du DVD

Malgré tout, je finis par succomber à la tentation. Confortablement installée sur le canapé du salon, je passai deux doigts sous ma culotte pour masser mon clitoris tendu de désir. Très vite l'idée de revoir le DVD germa dans mon esprit concupiscent. Mais, à ma grande surprise, le DVD avait disparu !

Prise de panique, je vérifiai sans y croire parmi les DVD voisins puisque j'avais le souvenir précis de l'avoir rangé exactement à cet endroit. Paul avait dû le trouver après que je sois partie. Je passai d'un extrême à l'autre en un quart de seconde. Ce n'était plus ma cyprine qui perlait mais des gouttes de sueur froide. J'attendais son retour avec une boule dans l'estomac.

Sa mine réjouie quand il rentra et son entrain me prouvèrent qu'il n'avait rien à voir avec la disparition du DVD. J'essayai de faire bonne figure.

A part lui, seul mon neveu met les pieds ici et ce n'est pas ce grand dadais qui pouvait... Mais, plus je réfléchissais à d'autres éventualités, et plus j'en revenais à cette dernière. Ce ne pouvait être que lui.

Qu'en avait-il fait cet abruti !? J'oscillais entre la honte et la colère. Alex allait au lycée à deux pas de notre appartement. Nous lui avions naturellement proposé de passer quand il en avait l'occasion. Il possédait un double des clés et venait le plus souvent le vendredi après-midi, après les cours. Il avait dû tomber sur la vidéo par hasard. Je devinai, qu'après l'avoir visionnée, il eut envie de la conserver. Le salopiaud devait même se branler en me regardant me faire prendre. Jamais je ne pourrais assumer cela.

Que faire ? L'appeler ? Non, bien sûr. Mieux valait rester discrète. Je décidai d'attendre qu'il revienne. Ce ne serait pas long puisqu'il passait tous les vendredis.

La boite de Pandore

vendredi 12 avril

Quand j'entendis du bruit à la porte, mon sang ne fit qu'un tour. L'étrangler puis lui demander le DVD. Non ! Dans l'autre sens ! En tout cas, j'étais dans un état de fureur. La porte s'ouvrit, mon neveu parut surpris de me voir et comprit de suite que j'avais une dent contre lui. Il détourna le regard. Mais je fus encore plus surprise que lui de le voir débarquer avec un de ses copains de lycée. Je dus me contenir et une nouvelle fois faire bonne figure.

— Bonjour Tatie.

— Bonjour Alex.

— Je te présente Pascal, mon meilleur pote. On est dans la même classe. Pascal, ma tante.

— Bonjour Madame.

— Bonjour Pascal.

— On finit plus tôt le vendredi. On passe voir un film ici. Pascal est un fan du cinéma italien des années soixante. Comme tu as une collection, je lui en ai passé quelques-uns la dernière fois. Ça ne te dérange pas, Tatie ?

Je devins blême en entendant cela.

— Non, mais justement je me demandais où étaient passés certains DVD...

Je remarquai que Pascal, tout sourire au début, semblait maintenant très embarrassé. Mais pour autant, il ne me lâchait pas du regard. Comme s'il cherchait à percer un mystère, ou plutôt, comme quelqu'un qui cherche à reconnaître le visage d'un vieil ami perdu de vue depuis belle lurette. J'étais contrariée au plus haut point. Un silence pesant régnait dans la pièce. Faisant une tête de cocker battu, Alex finit par m'avouer :

— Tatie, je voulais te dire qu'en prêtant le DVD à Pascal, je ne savais pas que c'était un film X. Pascal l'a vu hier soir, et il m'en a parlé. Tout le monde en regarde. C'est pas si grave, non ? On a l'âge pour ça.

Et comme pour détendre l'atmosphère, il rajouta :

— En plus, d'après Pascal, celui-là est vraiment très bien.

J'étais consternée. Je devais passer par toutes les couleurs de l'arc en ciel. Un petit sourire apparut aux coins des lèvres de Pascal et il ne le quitta plus.

— Terrible ! C'est même le meilleur que j'ai jamais vu ! Et depuis tout à l'heure, je me dis : c'est fou de voir à quel point l'actrice du film vous ressemble !

— T'es vraiment trop con, Pascal, de dire une chose pareille !

— Je t'assure. D'ailleurs, je n'ai aucun doute là-dessus. C'est bien vous !

Alex me jeta un regard interrogateur. Je ne savais plus où me mettre. Comment se faisait-il que je perde à ce point le contrôle sur tous les événements de mon existence ? Je piquai un fard en regardant mes chaussures.

— Pas la peine de dire oui ou non. Simplement, laisse-toi faire.

Je sursautai en entendant ces paroles. Pascal avait démarré le DVD.

— Arrêtez ça !

Pascal tenait nonchalamment la télécommande, comme pour me narguer.

— Na, na, na, na, nan.

Je voulus lui arracher des mains. Il résista et la cacha derrière son dos. Je m'obstinai à lui reprendre.

— Tu vois. Je ne me suis pas trompé. C'est bien elle, Alex.
— Oui, c'est clair. Mais arrête ça, Pascal.

Profitant de la proximité de mon visage, Pascal se permit de m'embrasser sur les lèvres.

Je me reculai vivement et lui collai une baffe mémorable. Il en laissa tomber la télécommande, qui roula sous le canapé. Il se tenait la joue, surpris de la violence de la gifle qu'il avait reçue. Terriblement vexé, je vis la colère monter en lui. Mais il réussit à se contenir pour me dire d'un air faussement détaché :

— Je m'excuse. Il faut dire que vous aviez moins de principes quand vous avez tourné ce film...

— Imbécile. Sortez d'ici tous les deux. Quand à toi Alex, ne ramène pas n'importe qui chez moi. A l'avenir, tu me demanderas avant de faire venir quelqu'un.

— C'est pas la peine de nous traiter comme des délinquants, on n'a rien fait de mal. On n'a rien à se reprocher. Et votre petite crise montre que ce n'est pas votre cas. Je me demande ce que vous feriez si cette vidéo circulait sous le manteau dans le lycée ?

J'en restai bouche bée.

— Déconne pas, Pascal.

— C'est facile de m'insulter et de me coller une baffe. Mais maintenant, on fait moins la fière.

J'étais persécutée. A croire que tout le monde s'acharnait contre moi. Je me suis mise à pleurer. Alex me prit dans ses bras.

— Ne pleure pas. Pascal disait ça pour t'emmerder. De toute façon le DVD est ici. Et on te promet de ne rien dire à personne. Pas vrai Pascal ?

— Oui.

— Et coupe ce truc, s'il te plaît.

Pascal partit à tâtons à la recherche de la télécommande pour arrêter la lecture du DVD. Il éjecta le disque et le rangea dans sa pochette.

— Je ne veux pas que Paul l'apprenne.

— Qui c'est Paul ?

— Mon oncle.

J'étais dans tous mes états, reniflant fortement entre deux sanglots. Alex me tenait gentiment dans ses bras. J'avais vraiment besoin de réconfort.

— J'ai fait une grosse connerie et je me suis fait piéger.

Quand le plus gros de la crise fut passée, j'ai proposé de faire du thé. D'un côté, ça allait beaucoup mieux, mais d'un autre, j'étais très gênée de l'image qu'ils avaient eue de moi dans la vidéo. Pascal l'avait jugée « terrible »... On parla un peu de ciné et du lycée, avant qu'Alex et Pascal ne partent. Je cachai le DVD à sa place après leur départ.

Toute envie de le visionner était définitivement passée.

Un week-end à la plage

samedi 13 avril & dimanche 14 avril

Paul me fit une surprise pour ce week-end : il avait programmé une escapade en amoureux à Deauville.

Bien sûr, j'étais touchée par cette attention. Mais chaque geste tendre, chaque sourire, chaque mot gentil, toutes les marques d'affection, toutes les preuves d'amour qu'il pouvait me témoigner, déclenchaient immanquablement en moi un petit pincement au cœur. Ce sentiment de culpabilité rôdait et se tenait toujours prêt à bondir. Partout il s'insinuait et venait troubler le moindre instant de bonheur. Je me disais qu'il s'estomperait avec le temps. Parfois, pour l'ôter de mon crâne, je recherchais les sensations vives où l'esprit s'effaçait, laissant place aux émotions.

Je poussais la musique à fond en voiture pour m'emplir les oreilles de son. Je regardais avidement défiler les paysages normands pour me mettre du vert plein les yeux. Ressentir pour ne plus penser.

Sur la plage, j'emplissais mes poumons de l'air vif de l'océan. Je m'enivrais du bruit des vagues. J'entraînais Paul dans de grandes courses folles jusqu'à en perdre haleine. Les roulés boulés dans le sable se terminaient en éclats de rire. Je voulais m'étourdir de bruit et de fureur.

Le soir, Paul m'invita au casino. C'était tout à fait le genre d'endroit où j'avais envie d'aller. Un lieu, hors du temps, baignant dans les lumières artificielles et les sons électroniques des machines à sous, où l'on peut se soustraire à sa propre réalité. Je goûtais l'atmosphère électrique des tables de poker. Bluffer, faire croire à l'autre, l'induire en erreur, lire dans ses pensées, deviner, risquer. Tout rafler ou tout perdre. N'étais-je pas à l'image de ces joueurs ? La grande partie de poker menteur de ma vie n'avait-elle pas déjà commencé ?

Paul m'emmena au restaurant avant que je n'ai eu le temps de gamberger sur le sujet. Il se montra particulièrement romantique. La nuit à l'hôtel fut très tendre. J'avais besoin de cela. Confusément, je sentais qu'il ne pouvait en être autrement. Jamais une nuit avec Paul ne serait torride. Je n'en éprouvais aucun regret, au contraire même.

Je me suis réveillée dans ses bras, certaine que j'étais follement amoureuse de lui.

Le « redressement » fiscal

lundi 15 avril

Suite à l'audit, le contrôle fiscal « promis » ne manqua pas d'arriver. Monsieur Macchias m'en informa le matin même avant que Bérengère ne reçoive l'avis.

Une simple formalité selon lui, puisqu'il avait régularisé les pièces douteuses. Il connaissait personnellement l'agent du fisc qui procédait aux investigations : un certain Monsieur Bertrand.

Le « contrôle sur place » eut lieu l'après-midi dans nos locaux. Sonia, Bérengère et moi étions présentes. Ma sœur et son « ex-grande amie » se sont entretuées du regard. Je préférai rester discrète.

Monsieur Bertrand réclama pour finir une copie des disques durs de comptabilité. A cet instant, je compris que j'allais boire le calice jusqu'à la lie. Comme je travaillais essentiellement à domicile, c'était pour lui le moyen infaillible de se faire conduire jusqu'à mon appartement.

— Comme Monsieur Macchias vous l'a expliqué, tout ceci ne sera qu'une formalité, dit-il avec un sérieux au-dessus de tout soupçon.

Sonia et Bérengère partirent chacune de leur côté, leur présence n'étant pas requise pour cette dernière « formalité »...

***

Une fois arrivée à l'appartement, le ton changea radicalement et fut beaucoup moins professionnel.

— Macchias m'a donné quelques instructions.

— Lesquelles ? demandai-je en m'attendant au pire.

— Il m'a appris que vous êtes prête à payer de votre personne pour arranger les choses. Je ne veux en aucun cas écorner votre réputation d'épouse modèle. Il vous faudra juste faire une ultime entorse à cette règle.

— Qu'est-ce que vous attendez de moi ?

— Déshabillez-vous.

Comme je n'esquissai pas le moindre geste, Monsieur Bertrand m'attira à lui et passa la main sous ma jupe. Il écarta mon string pour caresser la raie de mes fesses.

— Ne fais pas la timide, je sais de quoi tu es capable.

Il dégrafa ma jupe qui tomba à mes pieds. Je me chargeai d'enlever le reste. Il déboutonna son pantalon et se retrouva rapidement la queue à l'air au beau milieu du salon.

— J'ai observé tes lèvres toute la matinée. Je rêvais d'en arriver là. Allez, suce-moi et applique-toi !

Ce quinquagénaire n'avait pas grand-chose pour lui : un peu bedonnant, une calvitie naissante, des traits assez fades et une petite queue qui bandait difficilement.

Je devais ravaler toute fierté pour m'abaisser à le sucer. Et pourtant, c'est exactement ce que je fis. Agenouillée dans un premier temps, puis assise sur l'angle du canapé, je lui prodiguai une fellation durant de longues minutes avant que son érection ne devienne décente. J'en avais mal à la mâchoire. C'est presque avec soulagement que je l'entendis m'ordonner :

— Mets-toi à quatre pattes. Je vais te faire du bien.

Il sortit un préservatif de sa poche qu'il enfila avec difficulté. Sa queue se présenta à l'entrée de ma chatte. J'étais sèche. Il passa sa main sur ma fente, écarta mes lèvres de ses doigts, cracha sur sa queue et me pénétra sans me faire le moindre effet. Je sentis simplement son pubis frapper sur mes fesses.

— Tiens ! Prends ça ! Tu aimes ça, hein ? Coquine !

Il était vraiment pitoyable. Je dus le subir quelques minutes. Il fut plutôt long à venir. Il en profita pour palper mon cul. Il enfonça son pouce dans mon anus. Je me tortillai pour échapper à cette prise. Il y revint sans cesse. Il me chevauchait, claquant mes fesses de son autre main.

— Tu es vraiment bonne. Je vais t'enculer. Dis-moi que tu aimes ça. Dis-moi que tu aimes te faire enculer, petite vicieuse.

— Non, je ne ...

Je n'eus pas le temps de finir ma phrase qu'il se vida en moi. Il soufflait comme un bœuf. J'attendis que ça se passe.

— Tu es vraiment bonne. Macchias avait raison.

Il est resté sur moi jusqu'à ce que sa queue soit éjectée.

— Où est la salle de bain ?

La corvée venait de prendre fin. Quand il quitta l'appartement, je n'étais pas fière de moi.

Oui, j'étais tombée bien bas.

Un marché... immobilier ?

mercredi 17 avril

Comme ce fut le cas deux semaines plus tôt, je reçus au matin, des mains d'un coursier, une grosse enveloppe Kraft. Je refermai ma porte et décachetai rapidement le pli. Il contenait un DVD et deux enveloppes non cachetées.

Dans la première se trouvait une promesse d'embauche et un CDI chez « Macchias & Wells » à un poste aux ressources humaines, « chargée de mission auprès du personnel de surveillance ». Les conditions étaient tout simplement royales : un salaire net de 3000 euros hors prime. Jamais je n'aurais pu espérer un emploi de ce calibre. Comment pouvais-je refuser une telle offre ?

Dans la deuxième enveloppe, je découvris une lettre type de démission, destinée à l'agence immobilière qui m'employait, stipulant que je m'engageais à respecter le mois de préavis.

Ayant pris connaissance de ces deux documents, je glissai le DVD dans le lecteur. Il me fallut très peu de temps pour reconnaître la grande salle aux baies vitrées de chez « Macchias & Wells ».

Monsieur Macchias me faisait signe d'entrer pour me présenter à ses deux collaborateurs :

— Mademoiselle Alexandra A.

— Voici deux de mes collaborateurs : Éric et Arnaud. etc.

***

Sans doute voulait-il, par ce même procédé, me forcer à accepter sa proposition. Mais au fond de moi, je me demandai si j'avais vraiment besoin de cela pour accepter.

Je regardai avec un réel intérêt la vidéo, me remémorant au passage les sensations du moment. Ce visionnage fut des plus excitants. Et je dois avouer m'être fait jouir avant qu'il ne s'achève, emportée par les images de ma propre luxure.

Comment avais-je pu me laisser corrompre à ce point ? La réponse à cette question restait encore un mystère. En milieu de matinée, je reçus un appel de Monsieur Macchias.

— Bonjour Lexia. Vous avez reçu un colis ce matin. L'avez-vous ouvert ?

— Oui, bien sûr.

— Très bien. Vous avez donc saisi en partie la nature du marché que je vous propose. Je devais oralement en préciser toute la teneur. Je veux que mon deveniez ma collaboratrice attitrée, totalement dévouée à mon bon plaisir. Mais je dois mesurer la qualité de votre engagement à mes côtés. C'est pour cela que j'ai imaginé un petit challenge qui vous permettra de faire vos preuves. Je vous donne un mois pour séduire votre futur ex-patron Monsieur Locco et ses deux commerciaux.

— Rien que ça !?

— Je sais que votre marge de manœuvre est étroite, pour ne pas dire plus. Vous avez tout à gagner à accepter. Postez votre recommandé au plus tôt. Je sais de quoi vous êtes capable. Je ne me fais aucuns soucis pour que vous remplissiez votre part du contrat. Je pourrais même vous donner un coup de pouce à l'occasion. A très bientôt Mademoiselle Alexandra.

Il raccrocha. Je restai sans voix.

Comment pourrais-je passer à l'acte avec mes collègues et mon patron ? Cette « clause » du contrat me parut bien sûr inacceptable mais surtout irréalisable. Jamais je n'aurais pu envisager une chose pareille. Cela ne me ressemblait pas, ne correspondait pas à l'image que je m'étais forgée auprès de mes collègues. J'ai cogité toute la journée. Pourrais-je assumer le rôle de la petite salope sur qui tout le monde passe ?

D'un autre côté, je devais admettre que j'avais changé. Tous les principes sur lesquels j'avais construit ma vie vacillaient dangereusement. N'avais-je pas déjà fait bien pire ?

Dans tous les cas, je me sentais perdue. Si je refusais ce marché, Monsieur Macchias aurait beau jeu de tout dévoiler à Paul. Dans le cas contraire, je m'enfonçais inexorablement dans le stupre et la fornication. Ce qui impliquait sans doute de perdre Paul. Au moins la sanction ne serait pas immédiate.

Comment lui parler de cette nouvelle « possibilité professionnelle » ? Durant la soirée, je ne trouvai jamais l'occasion d'aborder le sujet. La nuit porta conseil, et au petit matin ma décision était prise.

Marché conclu

jeudi 18 avril

En déjeunant avec Paul, je me sentis l'âme d'une conspiratrice. Après son départ, je signai les documents reçus la veille, cachetai les enveloppes. Je fis un détour par la Poste. A l'instant précis où je lâchai mes deux plis pour les remettre au préposé, je me dis intérieurement : *« Rien ne va plus, les dés sont jetés. »*

J'avais pleinement conscience que je changeais radicalement le cours de mon existence.

Arrivée à l'agence, je devais parler à Monsieur Locco. J'avais en tête ce qu'impliquait ma décision. Mais c'était autre chose que de l'avoir réellement en face de moi. En sa présence, je n'arrivais plus à imaginer qu'il faudrait que je lui ouvre mes cuisses. Je n'étais pas encore prête à entreprendre quoi que ce soit.

Je l'informai de ma décision de quitter mon job à l'issue de mon mois de préavis, lui signifiant que j'avais trouvé une bonne place dans une société parisienne à un poste aux « Ressources Humaines ».

Toute la matinée, j'essayais de me convaincre que je pourrais faire l'amour avec Monsieur Locco. Mais la simple idée de l'embrasser me coupait tous mes moyens. Pour en arriver au coït, il y avait du boulot ! Sans compter ce travail sur moi-même, il fallait aussi lui faire prendre conscience que j'étais accessible. J'aboutis à la conclusion que ça passerait par des tenues plus attrayantes. Je devais m'habiller sexy. Tout en était encore au stade de la conception, la réalisation semblait encore très lointaine, pour ne pas dire incertaine.

***

Le soir, je parlai à Paul de l'opportunité qui se présentait à moi. Étonné mais ravi, il était sidéré par l'offre qui m'était faite.

— Et comment ce Monsieur Macchias en est-il venu à te proposer ce poste ?

— J'ai fait sa connaissance au cours de l'audit. Ça lui a permis de voir comment je travaillais. Il m'a trouvée sérieuse et compétente. Mais c'est surtout un concours de circonstances. Il se trouve que le poste vient de se libérer. Je lui avais parlé aussi de nos difficultés financières, et comme l'argent n'est pas vraiment un problème dans sa société, il a pensé à moi.

— Mais ça consiste en quoi précisément ce job ?

— Disons dans les grandes lignes que je dois contrôler la régularité des opérations dans l'entreprise. Je dois veiller à ce que tout se passe en conformité avec la législation. Des opérations comptables aux systèmes de vidéosurveillance. Je serai une sorte de superviseur. Je n'ai pas exactement le profil pour le poste mais je serai formée dès le départ. C'est une opportunité que je ne pouvais pas refuser, non ?

— C'est clair ! Il ne reste plus qu'à fêter ça !

Paul semblait admiratif et incrédule. Pour marquer le coup, il a tenu à sabrer le champagne. Cette effusion de joie me mit mal à l'aise. Devait-il vraiment se réjouir de cette « promotion canapé » ? Levant son verre, il porta un toast :

— A ton nouveau job ! Et à la santé de ton bienfaiteur Monsieur Macchias !

Je coupai légèrement la formule et me contentai de reprendre laconiquement :

— A mon nouveau job !

Car de là à trinquer à la santé de Monsieur Macchias, c'était pousser le bouchon un peu trop loin.

Ah ! Si Paul connaissait toutes les clauses du contrat...

Flagrant délit ... d'initiés

vendredi 19 avril

Vendredi matin, je ne fis aucune avancée significative pour séduire Monsieur Locco. Tous les subterfuges imaginés la veille tombèrent immanquablement à l'eau. Sa présence me bloquait. Dépitée par mon manque d'audace, j'ai expédié les affaires courantes et, avec sa permission, je suis rentrée plus tôt.

***

Devant ma porte, il me sembla entendre du bruit dans l'appartement. Je pensai que Paul avait dû revenir dans la matinée. Mais des sons pour le moins « étranges » me rendirent méfiante. Entrant discrètement, j'eus la désagréable surprise de découvrir Alex et Pascal, pantalons baissés, lovés chacun de leur côté sur le canapé. Ils regardaient la vidéo dont j'étais l'héroïne en se masturbant. Je tombai des nues.

Que faire ? J'étais plantée derrière le canapé. Captivés par le spectacle, les deux garçons ne m'avaient pas aperçue. Je devais intervenir et les faire déguerpir mais n'y parvins pas. Autant m'éclipser discrètement. Ça non plus, je n'y arrivai pas.

Je regardai la main de Pascal, comme hypnotisée, aller et venir sur son membre tendu. Son plaisir devint plus fort, le mouvement s'accéléra. Il était sans doute au bord d'exploser. A cet instant, rejetant la tête en l'arrière, il découvrit ma présence.

Il se releva brusquement, remontant maladroitement son pantalon dans l'espoir de cacher sa nudité. Alex percuta à son tour, et essaya de masquer son sexe derrière ses deux mains jointes.

— Euh, désolé. C'est pas ce que vous croyez, balbutia Pascal.

Il me regarda avec une mine déconfite. Sa queue sortait du pantalon qu'il tenait tant bien que mal suspendu à ses hanches. Devant un tel tableau, je ne pus réprimer un sourire. C'est plus qu'il n'en fallait pour lui donner du courage.

La vidéo continuait de diffuser une atmosphère purement sexuelle. J'entendais les paroles enregistrées :

— Dis-moi que tu préfères ma queue à celle de Paul.

— Oui, je préfère ta queue à celle de Paul.

— Tu es une belle salope. Dis-le-moi.

— Oui, je suis une belle salope.

Pascal s'approcha de moi, attrapa mon poignet et dirigea ma main vers sa queue. D'un geste ferme, il attira mon visage vers le sien et, tandis que ma main se posait sur son sexe, il m'embrassa. Son baiser doux et chaud me fit littéralement fondre. Quand j'ouvris les yeux, Alex me regarda complètement interloqué. A cet instant, je repris contact avec la réalité. Un frisson parcourut mon corps et un creux se forma dans mon estomac. J'eus conscience de la situation et voulus me dégager, mais je restai sans force. Pascal me plaqua contre lui et m'imposa un nouveau baiser. Je tremblai de tous mes membres. J'avais renoncé à résister. Je ne cherchai plus qu'à me réchauffer à son contact, et mes doigts se refermèrent sur sa queue. Je le branlai doucement. Je percevais toute sa vigueur sous mes doigts et sa fébrilité à son souffle sur mes lèvres. Ma jupe se souleva. Alex s'apprêtait lui aussi à commettre l'irréparable. L'audace de son ami l'avait inspiré. Ses mains se posèrent sur mes fesses. Il m'embrassa dans le cou. Sa queue brûlante s'écrasa sur ma peau et frotta sur mes fesses, le bout tout humide. Elle glissa sous la dentelle de mon string. Il poussa pour la faire rentrer en moi mais n'était pas précisément au bon endroit. Son manque d'expérience ne m'excitait que davantage. Quand, enfin il se fit le passage, sa queue, d'une longueur surprenante bien que très fine, me pénétra jusqu'à la garde, touchant un point que jusqu'alors personne n'avait atteint dans cette position. Je cambrai les reins pour m'offrir totalement à sa prise. Cela eut pour effet immédiat de le faire décharger.

— Oh. Lexia ! C'est trop bon !

Il fit encore quelques allers-retours qui le vidèrent complètement. Il se retirait déjà...

Cette étreinte fut trop brève pour que je puisse atteindre la jouissance. Je me concentrai de nouveau sur la queue de son ami qui m'embrassait avec application. J'en mis tout autant à le branler, sa verge coincée entre le majeur et l'index de ma main droite. Les bourses emprisonnées dans la chaleur de ma main gauche, je soumettais son endurance à rude épreuve.

Et ce qui devait arriver, arriva. Pascal, tout aussi inexpérimenté qu'Alex, explosa en longs jets chauds sur le haut de mes cuisses. Je le malaxai jusqu'à la dernière goutte, lui arrachant de petits râles de plaisir.

Plein de reconnaissance dans les yeux, il chuchota en m'embrassant :

— Merci.

Étaient-ils puceaux ? Je n'en savais rien, mais cela ne m'aurait pas surprise. Mon excitation n'était pas retombée. Je me suis assise sur le canapé.

— Venez.

Alex approcha le premier, je le guidai face à moi. Une main glissée sous ses bourses, je pris sa queue dans ma bouche avec la plus grande délicatesse. Maintenant que je l'avais en face de moi, ça confirmait mon impression lors de la pénétration. Elle était incroyablement longue. Je la suçais lentement. Il tremblait à chacun de mes coups de langue. Pascal s'est assis à côté de moi. Il a posé sa main sur un de mes seins. Il prenait le temps de le soupeser. J'aimais la douceur de sa main sur ma peau. Je devinai son envie. Il le serra plus fermement, le pressa pour en faire jaillir la pointe. Il lécha goulûment mon téton puis l'énerva gentiment en le mordillant. Il reprit doucement ses caresses sur tout mon corps. Après maintes circonvolutions, il s'est appesanti sur ma chatte. Je dégoulinai d'un mélange de cyprine et de sperme. Ses doigts mirent le feu à mon bas-ventre. J'ai attiré Alex vers moi pour qu'il me prenne. Sur le bord du canapé, les jambes relevées, j'ai senti son membre m'empaler et buter au fond de moi. Je savourai cette saillie.

Pascal s'est agenouillé sur le canapé et a approché son sexe de mon visage. J'avais tellement envie de le sucer que je ne me suis pas fait prier. Alex me tenait la poitrine et me pistonnait sans faiblir. Pascal se dégagea de mon emprise et ordonna :

— Laisse-la-moi.

Alex sortit de moi. Pascal m'attira à lui. Je vins m'asseoir sur son sexe. J'ondulais sur lui. Je mesurais ses efforts pour ne pas jouir. Alex m'embrassa dans le cou et passa sa main sur mes fesses. Il s'enhardit et glissa un doigt. Cette brûlure renforça mon plaisir. Sa langue chaude s'insinua dans mon oreille. Il retira son doigt, passa son bras autour de ma taille et fouilla la raie de mes fesses avec sa tige.

— Non ! Pas là ! Alex, non !

— Chut...

Sans tenir compte de mon avertissement, il ne tarda pas à trouver le passage. Je m'immobilisai quand sa queue s'introduisit en moi. Pascal me plaqua sur sa poitrine. Accroché ainsi, il avait pris le relais et bougeait sous moi. Alex s'enfonça lentement jusqu'au fond de mon cul. Sa queue fine ne me faisait pas mal. Doucement, il commença à me sodomiser. Je me laissai totalement aller. Le plaisir vint en un éclair. Un orgasme fulgurant m'électrisa de la pointe des orteils à la pointe des cheveux. Les deux garçons déchargèrent pendant mes soubresauts de plaisir. Je restai connectée à ces deux membres qui palpitaient en moi. Cela avait été si fort ! Un troisième orgasme en quelques jours ! Je devais avouer que j'aimais vraiment le sexe.

Très vite, je repris mes esprits. L'idée que Paul pouvait rentrer me fit abréger de cette étreinte.

— Rhabillez-vous ! Paul peut revenir bientôt.

Je me suis douchée en cinq minutes. Alex et Pascal étaient déjà partis quand je suis sortie. Je rangeai le DVD dans sa cache qui n'en était pas une pour tout le monde.

Je pris pleinement conscience ce jour-là que j'avais profondément changé.

Un week-end en famille

Ce n'est pas exactement ce à quoi j'aspirais à cette période mais ce week-end en famille était prévu depuis de longue date et je n'avais aucune raison valable de l'annuler. Paul y tenait beaucoup. C'était l'occasion pour lui de retrouver ses parents, son frère Jacques et sa sœur Laure.

Son neveu Alex et ses nièces Suzanne et Lucie, risquaient d'être de la partie. Je m'interrogeai sur la présence d'Alex. Comment allait-il se comporter ? C'était la première fois que je serais en présence de Paul et d'un de mes amants, qui plus est, son neveu !

J'appréhendais un peu. Alex débarqua avec mon beau-frère Jacques et sa femme Micheline. J'espérais qu'il se montrerait discret. Ce fut le cas. Aucun geste, aucun regard équivoque en présence de la famille.

Par contre, lorsque la première occasion se présenta, il ne manqua pas de me mettre la main au panier. Je m'étais proposée pour préparer le thé pour tout le monde. Alex se débrouilla pour faire une incursion à la cuisine. Tandis que je versais l'eau dans la théière, il palpa mes fesses d'une main. Je lui fis de gros yeux noirs. Je le saisis par le poignet pour faire cesser la prise. Mais de l'autre main, il flatta l'intérieur de ma cuisse et remonta jusqu'à ma culotte. Il m'a touché à travers le tissu pendant quelques secondes, stoppé dans son exploration par un bruit à l'entrée de la maison.

Mis à part ce petit incident, le week-end fut d'un calme plat.

***

Le dimanche soir, je cogitai sur la démarche à suivre pour arriver à mes fins avec Monsieur Locco et mes deux collègues. Une certitude : je devais passer à la vitesse supérieure. Mais par qui commencer ?

Il m'apparut évident que je devais concentrer tous mes efforts sur mon patron. Il était le plus facile à atteindre puisque je passais le plus clair de mon temps à ses côtés dans l'agence. Cette promiscuité naturelle serait propice à déclencher son désir. J'avais juste à mettre de côté mes états d'âme.

Allumage

Comme tous les matins en arrivant, je m'installai à mon bureau, devant celui de Monsieur Locco. Tout sourire, avenante, je fis de mon mieux pour lui plaire.

Je portais une petite jupe sexy volontairement assez courte pour attirer le regard sur mes jambes parfaitement épilées. Je voulais déclencher sa convoitise et le surprendre en flagrant délit lorsqu'il ne manquerait pas de poser son regard sur mon anatomie.

Mon entreprise réussit plutôt bien. Il ne me lâcha pas du regard de la matinée. Mais j'avais si bien fixé les limites pendant toute la durée de notre collaboration, qu'il se montrait timide en la circonstance. Il détournait les yeux dès que je levais la tête.

Je devais lui redonner confiance dans la possibilité de me séduire. Ce n'était pas gagné d'avance ! Pour la première fois depuis mon mariage, j'allumai un mec de mon entourage.

Je voyais tous ses compteurs s'affoler devant mes charmes. A la moindre occasion, je croisais et décroisais les jambes sous son nez, je me penchais exagérément en attrapant un dossier pour qu'il lorgne vers mes seins, je me levais et lui tournais le dos en rangeant mes dossiers pour qu'il admire mon postérieur et ma chute de reins. Il devait avoir le sang en feu. Ce petit jeu eut aussi le don de m'émoustiller...

Je rentrai chez moi un peu plus perverse que la veille mais sans qu'il ne se soit rien passé de compromettant.

Amicalement vôtre

lundi 22 avril après midi

J'ai davantage subi que manigancé toutes les choses qui me sont arrivées. Parfois, c'est le destin qui m'a poussée à commettre l'irréparable.

Parmi nos amis, il y avait Patrick et Christelle. Et comme par hasard ce jour-là, Patrick est venu sonner à la porte.

Patrick est le meilleur ami de Paul, un ami d'enfance. Ils se sont connus au collège. Patrick est marié à Christelle.

— Paul est là ?

— Non, il ne rentrera que ce soir. Qu'est-ce qu'il t'arrive ? Tu n'as pas l'air bien.

— Non, ce n'est rien. Je repasserai.

Des trémolos plein la voix, Patrick était au bord des larmes.

— Entre, je te dis. Ça fait toujours du bien de parler.

Il me suivit au salon.

— Qu'est ce qui ne va pas ?

Fondant en larmes, il m'avoua :

— C'est Christelle. Elle est partie. Entre nous, c'est fini.

— Comment ça, fini ?

— Oui, elle ne veut plus vivre avec moi.

— Mais pourquoi ? Ça avait l'air d'aller entre vous ?

— Pffffff, entre elle et moi, c'était le calme plat depuis longtemps. Et dernièrement, elle m'a surpris en train de mater un site porno. Elle m'a dit que je la dégoûtais. Que j'étais un malade. Et qu'elle ne vivrait pas plus longtemps avec un pervers.

— C'est sur le coup de la colère. Mais je suis sûr que ça va s'arranger.

Il repartit dans une crise de larmes. Compatissante et maternelle, je tentai de le consoler :

— Ça va aller.

Je le pris dans mes bras, la tête sur mon épaule. Il se calmait peu à peu.

— Ça va mieux ?

— Oui, ça m'a fait du bien de sentir un peu de chaleur humaine. Je peux rester encore un peu dans tes bras, Lexia ?

— Oui, si ça te fait du bien. Les amis, c'est fait pour ça.

Je caressais doucement sa chevelure pour l'apaiser

— Je crois que j'avais vraiment besoin de réconfort. D'évacuer tout ça. En parler à une autre femme, c'est mieux. Ta tendresse me fait chaud au cœur, Lexia.

Je pensai à la situation équivoque, Patrick et moi enlacés sur ce canapé, sur lequel j'avais déjà fauté. Je me demandai ce qu'il arriverait si Paul rentrait à l'instant précis. Il aurait beau jeu de me faire un procès d'intention alors que la scène était des plus candides. A coup sûr, il comprendrait vite que je consolais, en toute amitié, son ami éploré. Et puis, j'avais beau avoir basculé du « *côté obscur de la force* », je me targuais d'avoir encore quelques principes.

Pourtant, ils furent très vite mis à mal. Tout ne devait pas être aussi limpide dans l'esprit embrumé de Patrick. A force de se prélasser sur ma poitrine, je distinguai avec netteté une belle érection difficilement contenue dans son pantalon de flanelle. Il avait visiblement repris du poil de la bête.

Ce n'était plus un agneau que se tenait blotti dans mes bras, mais un loup prêt à bondir. Notre accolade ressemblait de plus en plus à une étreinte.

Je devinai que Patrick se délectait de mon parfum, le nez enfoui au milieu de mes seins. Inexplicablement, je laissai ce petit manège continuer. Et ce qui devait arriver, arriva. Patrick enserra un de mes seins dans la paume de sa main.

— Mais Patrick. Que fais-tu ? Tu perds la tête ?

Je prononçai ces mots sans trop de conviction, n'esquissant pas le moindre geste.

— J'en ai tellement envie, Lexia !

— Et Paul ? Tu oublies ton ami Paul ?

— Il suffira de ne rien dire.

Il avait pris cette question comme une tentative de le culpabiliser. Pourtant au fond de moi, il n'y avait aucune réprobation morale, mais simplement la peur qu'il rentrât à l'improviste.

Se jetant sur ma bouche, il m'embrassa avec fougue. Mon soutien-gorge ne résista pas à sa main qui s'empara aussitôt d'un sein. Mon absence de résistance valait consentement. Je lui fis part plus clairement de ma seule inquiétude.

— Fais vite. Il peut rentrer d'une minute à l'autre.

Cette petite angoisse rajouta à mon excitation.

Patrick ne se fit pas prier pour accéder à ma requête. Il se redressa, ôta chaussures, pantalon et slip, puis me dénuda aussi sec. Il passa sa main sur ma chatte qu'il trouva suffisamment humide à son goût et, sans préliminaire aucun, il enfonça le plus loin possible son membre turgescent.

Lui, l'ami fidèle et irréprochable, toujours poli et charmant, lui que j'avais côtoyé durant toutes ses années sans que jamais la moindre allusion ne prête à confusion, lui qui incarnait parmi nos connaissances le modèle du parfait mari, fidèle et amoureux de Christelle, je le contemplai incrédule, écumant d'envie, la tête rejetée en arrière et son pieux planté en moi.

Il me prenait avec vigueur. A ses assauts, j'éprouvai dans ma chair le manque qu'il y avait en lui. Toute la frustration accumulée, il la passait sur moi. Dans cette étreinte bestiale, je me laissai emporter par le tourbillon de mes sens et je jouis sans retenue. Mon plaisir entraîna le sien. Soumise à ses coups de reins, je le regardai me défoncer la chatte. Au bord de l'orgasme, il se retira vivement de moi. Il se branla à toute vitesse. Les « va-et-vient » de sa main, trempée de cyprine, sur mon clitoris me brûlèrent de plaisir. Je partis d'un violent orgasme lorsqu'il gicla sa semence sur mon ventre et sur mes seins.

Quand j'ouvris les yeux, j'aperçus sa crème chaude et épaisse, d'un blanc laiteux. Jamais je n'avais vu autant de sperme sortir du sexe d'un homme !

Patrick se rhabilla aussi vite qu'il s'était déshabillé. Il m'embrassa furtivement en passant sa langue sur mes lèvres et les yeux plein de gratitude me dit :

— Merci, Lexia.

Je me contentai de répondre :

— Allez, file !

Mise à feu

mardi 23 avril

L'épisode de la veille n'avait fait que renforcer la confiance que j'avais dans mon pouvoir de séduction. Habillée d'un ensemble classique, tailleur bleu roi et jupe assortie coupée à mi-cuisse, chemisier jaune paille légèrement transparent, chaussée de talons hauts, j'étais radieuse en faisant mon apparition à l'agence.

Les deux agents commerciaux, David et Christophe, et Monsieur Locco me regardèrent avec envie. Je fis celle qui ignorait qu'elle était au centre de toutes les attentions. Une fois les collègues partis en rendez-vous, Monsieur Locco devint plus loquace.

— Je vous sens de plus en plus épanouie, Alexandra. Est-ce le fait de nous quitter qui vous rend si joyeuse ?

— Disons que je me sens plus détendue qu'auparavant en venant ici. Je n'ai même plus l'impression de travailler. C'est comme si je venais retrouver des amis avant de partir pour un long voyage.

— Oui. C'est aussi ce que je ressens en me disant que vous allez nous quitter bientôt. Vous allez me manquer, Alexandra.

—Vous me manquerez aussi. Mais je suis sûr que nous aurons l'occasion de nous revoir d'autres fois.

—Oui, bien sûr. Mais je parlais de votre présence au quotidien. J'ai toujours apprécié travailler avec vous. J'avais plaisir à vous regarder évoluer.

—Vous voulez me faire rougir ?

—Non. Mais maintenant que vous nous quittez, ces choses-là peuvent bien être dites.

—Merci. C'est gentil.

—Je vous apprécie beaucoup.

—Merci. Moi aussi.

Il avait des yeux de cocker triste, les yeux que l'on fait lorsqu'on sait d'avance que l'on n'aura pas ce qu'on désire le plus au monde.

Il fallait ranimer la flamme, et l'étincelle vint de Christophe.

Il appela sur le coup de 11h00 pour dire qu'il fêterait la conclusion de la vente de la « villa S... », un bien estimé à huit cent cinquante mille euros.

Monsieur Locco avait retrouvé le sourire. Je ne regrettais pas mes efforts de toilettes, ce serait l'occasion de taper dans l'œil de toute cette fine équipe. A midi, Christophe débarqua, deux bouteilles de champagne à la main, suivi de David. L'humeur était joyeuse.

On ne manqua pas de me complimenter sur ma toilette. La conversation s'engaillardit un peu après le deuxième verre.

— Paul en a de la chance, lança admiratif, Monsieur Locco.

— C'est clair, j'aimerais bien être à sa place, avoua David.

— L'alcool vous fait perdre la tête, Messieurs.

— Vous reprendrez bien une coupe, Alexandra ? proposa Christophe.

— Vous voulez m'enivrer ?

— Allez. Juste une petite coupe ça ne peut pas faire de mal, insista-t-il.

— Bon d'accord.

Je me laissai convaincre. Et je restai volontiers dans le registre de la grivoiserie.

— J'espère que vous n'abuserez pas de la situation !

— Vous n'avez rien à craindre de nous. Nous sommes des gentlemen, blagua Monsieur Locco.

— Quoique.

A la réplique de Christophe, tout le monde partit d'un éclat de rire. Il continua :

— Oui, ça me rappelle des souvenirs. Il y a parfois des dérapages incontrôlés, pas vrai Jocelyn ?

— Je ne vois pas de quoi tu veux parler, répondit-il sur un ton pince-sans-rire, les yeux levés au ciel.

— Tu ne te souviens pas de Martine ? questionna malicieusement Christophe.

Je me permis d'intervenir pour obtenir une précision qui m'intéressait au plus haut point.

— Martine, la secrétaire que j'ai remplacée ?

— Oui, acquiesça Christophe.

— Bon, on ne va pas parler de ça ! Ça m'a causé suffisamment de soucis avec ma femme.

— Et que s'est-il passé ? demandai-je.

— Est-ce vraiment la peine ? glissa-t-il d'un air faussement désolé.

— Oui, oui, moi je ne la connais pas, surenchérit David.

— Et bien Martine, qui n'était pas vraiment farouche avait, après quelques verres, suggéré que la soirée se termine par un strip-poker, poursuivit Christophe.

— Non, non et non ! Elle avait plutôt accepté sans hésitation ta proposition de faire un strip-poker, corrigea Jocelyn.

— Oui, si tu préfères. Enfin toujours est-il qu'elle s'est fait rapidement « plumer ». Il ne lui restait que son string. Et il faut bien avouer qu'elle avait des formes « généreuses » qui ne laissaient pas les mecs insensibles. La chance a tourné et Jocelyn s'est mis à perdre. Tant et si bien qu'il a fini en slip. Je te laisse raconter la suite, Jocelyn ?

— Non, ça ira, j'ai ma pudeur ...

Sa répartie provoqua un nouvel éclat de rire.

— Jocelyn avait, comme qui dirait, hissé le chapiteau, et Martine lui a demandé : « C'est moi qui vous fais cet effet Monsieur Locco ? » Vous auriez dû voir sa tête ! Tout gêné t'as répondu : « Ben... faut croire... » Et elle, juste histoire de t'embarrasser davantage : « Oh ! Comme c'est mimi ! »

Christophe imitait une voix aiguë et un peu nunuche de blonde écervelée.

— Martine s'est arrangée pour perdre la partie et Jocelyn lui a chuchoté un gage à l'oreille. Je n'ai jamais trop su lequel, mais vu le ramdam dans les WC quand les cartes furent rangées, j'ai ma petite idée sur la chose.

Volontairement, j'en rajoutai une couche :

— Je n'aurais pas cru ça de vous, Monsieur Locco.

— D'abord, ne m'appelez plus Monsieur Locco mais Jocelyn. Ensuite, tout le monde peut s'égarer ! Pas vous ?

Pour émoustiller tout le monde, je choisis de laisser planer le doute :

— Joker.

— Ça ne veut pas dire non ! C'est déjà presque un aveu.

Je rajoutai :

— Avec quelques verres une erreur est vite arrivée.

Christophe saisit au vol la perche que je lui tendais.

— C'est bon à savoir. Je vous ressers un verre ? Nouvel éclat de rire.

— Faut pas pousser ! Je ne veux pas rouler sous la table.

— On vous retiendra !

— Justement, c'est ce qui m'inquiète !

La deuxième bouteille était largement entamée. L'alcool faisait tout son effet. David y alla de son invitation suggestive :

— Tout ça, ça m'a donné envie de faire un petit poker...

Je le pris sur le ton de la plaisanterie.

— Non, ça ira. Une autre fois...

David du tac au tac :

— Quand ?

Christophe :

— Donnez-moi vite un agenda que je réserve la date !

Sa répartie provoqua un éclat de rire général.

De la musique s'échappa de la sono. Jocelyn avait mis un CD de salsa cubaine qui diffusait une atmosphère joyeuse et sensuelle.

Comme à la corrida, quand le spectacle devient plaisant, l'orchestre se met à jouer. J'étais le taureau, entouré de trois toreros. La seule différence, c'est qu'ils n'envisageaient pas de mise à mort à la fin. Ils se contenteraient de quelques jolies « passes » pour planter leurs « banderilles » en moi. Tout le monde était chauffé à blanc.

— Je blaguais, Messieurs. D'ailleurs, je vais y aller avant de dire ou faire une bêtise.

David :

— Quel dommage !

Christophe :

— Toutes les meilleures choses ont une fin.

David :

— Enfin, je note qu'on a pris date pour un strip-poker.

— Il faudrait que je sois totalement grisée pour me lancer dans un truc pareil, et je ne crois pas que Paul apprécierait de me savoir en train de jouer à un tel jeu avec mes collègues de travail...

Christophe :

— Il suffira de ne rien lui dire.

David :

— Promis. Je serai muet comme une carpe.

— On en reparlera... Je dois rentrer.

Je pris congé d'eux. Les accolades furent plus chaleureuses qu'à l'accoutumée, les regards plus suggestifs. Toutes ces discussions allusives avaient enflammé leur imagination. Je quittai cette petite sauterie avec le sentiment d'avoir bien avancé dans mon plan.

Je n'étais plus aussi inaccessible qu'auparavant.

Décollage : « Action ou Vérité ? »

mercredi 24 avril au matin

Je repris mon manège avec Monsieur Locco, que j'appelais désormais par son petit nom, Jocelyn. Cela renforçait le sentiment d'intimité entre nous.

Sur le coup de dix heures, un couple passa à l'agence. Il voulait des renseignements sur les appartements à louer. Pendant l'entretien qui se prolongea au-delà de onze heures, l'homme me reluquait avec insistance.

A leur départ, Jocelyn s'offusqua de ce manque d'éducation, surtout en présence de sa propre compagne. Je saisis la balle au bond :

— Vous voulez dire qu'en l'absence de sa femme son attitude aurait été plus normale ?

— Non, mais il y a manière et manière de regarder.

— C'est clair. Ses regards appuyés me mettaient mal à l'aise. Ce doit être un coureur de jupons.

— Je déteste ce genre de gars.

— Les apparences sont parfois trompeuses. Par exemple, vous n'avez pas l'air d'en être un, et pourtant, hier, j'ai appris que vous aviez trompé votre femme avec votre secrétaire !

— C'était un accident de parcours !

— Je vois... Vous voulez dire que ça ne s'est produit qu'une fois et que ça ne se reproduira plus jamais ?

— Oui. Exactement. La soirée était un peu arrosée et elle m'avait fait du rentre-dedans. Je n'ai pas su résister à la tentation. Ça ne vous est jamais arrivé ?

— Non, Monsieur ! Je suis une épouse fidèle.

— Alors pourquoi avoir dit « joker » quand on vous a posé la question ?

— Je ne peux pas dire que l'idée ne me soit pas passée par la tête, mais il y a toujours plein de bonnes raisons pour ne pas le faire.

— C'est marrant, c'est ce que je me dis souvent. Pourtant j'ai le sentiment que l'on rate des occasions de se faire plaisir en étant trop timoré. Alors que l'autre, peut-être, n'attend que ça de son côté.

— J'évite ce genre de raisonnement, car il pousse au vice.

— Oui. Il suffirait de pouvoir lire dans les pensées de l'autre pour savoir si c'est le moment ou pas, et ça éviterait d'avoir l'air ridicule en « se prenant un râteau ».

Jocelyn me matait ostensiblement pendant notre conversation. J'en rajoutai une couche pour le pousser dans ses derniers retranchements. Je me levai et attrapai un dossier sur l'étagère du haut. Comme prévu, il profita de l'occasion pour reluquer mes fesses. Je me retournai prestement pour le cueillir en flagrant délit.

— Jocelyn, n'est-ce pas vous qui critiquiez les regards trop appuyés ?

— Oui, désolé. Mais le tableau était si joli...

— Je vais faire comme si je n'avais rien remarqué.

— Ah... si j'avais le pouvoir de lire dans les pensées, vous seriez mon premier sujet d'étude !

— Et qu'est-ce que vous iriez chercher dans mes pensées ?

— J'irai voir si vous êtes joueuse.

— Ça dépend du jeu.

— J'ai vu que vous n'aviez pas dit non à un strip-poker, mais que diriez-vous si aujourd'hui je vous proposais le jeu « Action ou Vérité » ?

— Pas très professionnelle comme activité...

— C'est moi le boss ! Je fixe les tâches dans cette boîte.

— Pourquoi pas ? Qu'est-ce que je risque ?

— Pas grand-chose. Si vous ne le sentez pas, on arrête de suite.

— Quelles sont les règles ?

— C'est très simple : on demande « Action ou Vérité ?» Si l'autre choisit « Vérité », il répond à une question. S'il choisit « Action », il accomplit un gage.

— Qui commence ?

— Honneur aux Dames.

— OK. Alors, « Action ou Vérité ? »

— « Action. »

— Bon, je suis censée vous donner un gage... Ca y est ! J'ai trouvé. Je veux que vous dansiez sur la table, façon John Travolta.

— Rien que ça ? Mais les clients qui passent dans la rue vont me prendre pour un barge.

— Vous vous dégonflez ?

— Non, non ! Mais je vais baisser les stores avant.

Patiemment, il abaissa les stores un à un, puis, ne se démontant pas, il grimpa sur la table et se trémoussa pendant quelques secondes le doigt levé au ciel.

— Voilà ! Mission accomplie.

— C'est vrai. Je reconnais.

— A vous. « Action ou Vérité ? »

— Euh... « Vérité.»

— Un truc gentillet pour commencer. Mais d'abord, je boirais bien un petit truc. Il y a du muscat au frais. Je vous sers aussi un verre ?

— Oui. Pourquoi pas.

Jocelyn prépara deux verres généreusement remplis. Comme pour se donner du courage, il vida le sien d'un seul trait. Avec un aplomb retrouvé, il me demanda de but en blanc.

— Citez trois films érotiques que vous avez aimés.

— Euh... question un peu embarrassante, quand même. Ça m'arrive d'en regarder. Mais de là à dire que j'aime en regarder.

Je pensai malgré moi aux DVD dont j'étais l'héroïne. En réfléchissant bien, je me souvins de quelques vidéos que j'avais vues avec Paul.

— Disons, qu'à choisir, je préfère les parodies de films connus ; par exemple, « Matrix ». Je me souviens aussi des « Aventures de l'Orient eXpress », ou ... des « Visiteuses ». Voilà, ça fait trois.

— C'est marrant. Moi, je n'en regarde jamais, plaisanta-t-il en ne pouvant refréner un éclat de rire.

— Mais, bien sûr ! « Action ou Vérité ? »

— « Action. »

Je ne voulais pas être explicite sur mes intentions. Il me suffisait de le laisser faire pour arriver à mes fins. L'idée suivante germa dans mon esprit :

— Rien qu'en le mimant, vous devez me faire découvrir le titre de votre film préféré.

— Pas facile... Ah, si ! Ça y est !

Dégainant une épée, Jocelyn imita le bruit d'un sabre laser. Je l'interrompis illico :

— Non, ça n'est pas valable ! C'est « Starwars », mais pas le droit aux bruitages ! Faut en choisir un autre.

— OK.

Il me sembla imiter un loup hurlant à la mort. Je dis immédiatement :

— « Croc Blanc ».

— Non.

Il se mit ensuite à danser en cercle, deux doigts derrière la tête en guise de plume et l'autre main tapotant sa bouche. Son imitation d'indien était convaincante.

— « Danse avec les Loups » !

— Bravo. J'adore ce film.

— Oui, moi aussi. L'imitation n'était pas mal du tout.

— Merci. « Action ou Vérité ? »

— « Vérité. »

— Pouvez-vous me raconter un de vos fantasmes ?

— Et bien si ça commence comme ça, je me demande comment ça va finir ?

— Désolé. Vous voulez que je retire cette question ?

— Non, ça ira. Je vais en donner un qui va vous paraître banal. J'aimerais faire l'amour dans un endroit où l'on peut être surpris : les toilettes d'un restaurant, par exemple.

— Ah pas mal ! Je vois que vous n'êtes pas aussi lisse qu'on pourrait le penser.

— Lisse ? Merci c'est sympa...

— Non, non, excusez-moi. C'est pas ce que je voulais dire. A la vérité, vous êtes craquante.

— Oui. On se rattrape comme on peut.

— Je voulais juste dire que vous paraissez sérieuse, mais qu'en fait, vous êtes joueuse. Pas vrai ?

— N'en parlons plus.

— Bon, à vous de jouer.

— « Action ou Vérité ? »

— « Vérité. »

— Que feriez-vous si vous appreniez que votre femme vous trompe ?

Jocelyn fit une mine déconfite. Je ne voulais pas faire monter trop vite la pression. Je pris un malin plaisir à souffler le chaud et le froid pour le rendre chèvre.

— J'aurais du mal à le croire. Mais, en admettant, je pense que je la quitterais sur le champ.

— Typiquement masculin : « Faites ce que je dis, ne faites pas ce que je fais. » Pourtant, elle, elle vous a laissé une seconde chance.

— Oui, c'est vrai... Alors, disons plutôt que j'aurais du mal à avaler la pilule. J'essaierais de la pardonner avec le temps. Mais je me vengerai à coup sûr ! Un mec peut séparer le sexe du sentiment, alors que pour une femme, c'est pas pareil. C'est pour ça que l'on a du mal à imaginer sa femme avec un amant.

— C'est ce que vous croyez. C'est rétrograde comme vision. Une femme peut faire l'amour juste pour se faire du bien, mais sans s'amouracher pour autant.

— Peut-être. Mais je n'essaie pas de passer pour un Saint. Je vous réponds comme ça me vient.

— C'est bien la règle du jeu, non ? J'en fais de même.

— « Action ou Vérité ? »

— « Action. » Pour changer.

— Je vois que vous voulez rester sobre pour me faire parler. Ce n'est pas équitable. Alors voilà ce que je vous propose. Soit vous faites le poirier pendant deux minutes, soit vous finissez votre verre.

— En jupe et talons hauts ! La vue serait imprenable pour vous ! Alors entre deux maux, je choisis le moindre.

J'ai bu mon verre de muscat. Il avait beau être excellent, j'ai dû m'y reprendre à plusieurs reprises pour le finir.

La chaleur me montait aux joues. Et le jeu m'intéressait de plus en plus.

— « Action ou Vérité ? »

— « Vérité. »

Jocelyn nous resservit un verre à chacun.

— Bon. Combien de femmes avez-vous connues dans votre vie ?

— Euh... Pas facile de répondre à brûle-pourpoint. Je dirai une vingtaine.

— Ah ! Quand même !

— Ça ne me paraît pas excessif. Et vous combien avez-vous eu de partenaires ?

— On doit s'en tenir aux règles. Je n'ai pas à répondre à cette question.

— OK. « Action ou Vérité ? »

— « Vérité. »

— Combien de partenaires avez-vous connus ?

Je ne voulus pas mentir sur le nombre mais il était hors de question de dévoiler la chronologie un peu embarrassante pour moi. Mentalement, je refis le compte. Un petit copain au lycée. Un autre à la fac, avant de rencontrer Paul. Mais depuis le début du mois, la liste s'était allongée considérablement. Monsieur Macchias, Éric et Arnaud, ses collaborateurs, Monsieur Bertrand, l'inspecteur des impôts, Alex et son copain Pascal, Patrick, le meilleur ami de Paul. Ça faisait un total de dix.

— Dix, tout rond !

— Pas mal ! Un onzième et ça fera une équipe de foot !

— Oui, c'est marrant. D'ailleurs, je ne suis sortie qu'avec des footballeurs. Paul est avant-centre dans l'équipe de sa boîte. Vous n'avez donc aucune chance de faire le nombre, puisque vous ne jouez qu'au tennis !

— Je pourrais me mettre au ballon rond si c'est la seule condition pour compléter l'équipe ! « Action ou Vérité ? »

— « Action. »

— Comme tout à l'heure, je vous propose une alternative. Soit vous retirez votre petite culotte, soit vous buvez votre verre.

— Vous avez décidé de me soûler ! Ce n'est pas fair-play de vouloir abuser de l'ivresse d'une femme.

— Mais pas du tout ! Je vous ai laissé le choix.

J'hésitai un peu, mais je finis par terminer laborieusement mon verre. Quand je le posai sur la table, je sus que je ne pouvais plus répondre de mes actes. Advienne que pourra.

— « Action ou Vérité ? »

— « Vérité. »

— Avez-vous fait l'amour dans un endroit insolite ?

— Insolite ? Les toilettes de l'agence, ça ne compte pas puisque vous le savez déjà. Je l'ai fait dans un avion. Enfin, il s'agissait juste d'une masturbation. Une inconnue, avec laquelle j'avais sympathisé pendant le vol, a glissé sa main dans mon pantalon. A ma plus grande surprise, elle n'en est ressortie qu'après m'avoir fait décharger dans mon slip.

— Pas mal. Ça rejoint un peu le fantasme dont je parlais tout à l'heure, avec la crainte d'être surprise en flagrant délit.

— Oui. Nous voilà un point commun. « Action ou Vérité ? »

— « Vérité. »

— Est-ce que notre petit jeu vous excite ?

— Je dois reconnaître qu'il m'émoustille un peu. Je trouve que l'on s'amuse bien.

— J'en déduis que vous être prête à continuer.

— Avec plaisir. La preuve : « Action ou Vérité ? »

— « Vérité. »

— Je vous retourne la question. Êtes-vous excité par ce petit jeu ?

— Au plus haut point, Alexandra. Je pourrais y jouer avec vous pendant des jours et des jours. « Action ou Vérité ? »

— « Action. »

— OK. Je vous propose un petit jeu. Donnez-moi votre bâton de rouge à lèvres. Je vous bande les yeux avec ma cravate et je cache l'objet. Vous avez deux minutes pour le retrouver.

Jocelyn défit sa cravate et d'une main habile me banda les yeux.

— Je vous donne un indice. Je l'ai caché sur moi.

— Je devine en posant des questions et vous me direz « chaud ou froid » ?

— Non, c'est encore plus simple. Vous avez le droit de me fouiller.

En disant cela, Jocelyn me prit par le poignet et posa ma main sur son corps. Au toucher, je pensai être sur sa poitrine mais en descendant légèrement, j'identifiai la boucle de ceinture de son pantalon. J'en déduisis qu'il se tenait debout devant moi.

Je me levai pour me mettre à sa hauteur. Je tâtonnai jusqu'à son visage. Le bâton de rouge à lèvres pouvait être derrière son oreille. Non. J'inspectai le col de sa chemise. Non plus. Les manches : dessus, dessous. Rien. Le torse : devant, derrière. Rien. Après le buste, j'entrepris de poursuivre ma fouille au corps en évitant scrupuleusement les parties intimes. Je palpai ses jambes. Toujours rien.

— Vous n'avez pas osé ? Glissai-je perplexe.

— Je ne parlerai qu'en présence de mon avocat.

Je passai délicatement ma main sous sa ceinture. Je sentis enfin une forme arrondie et dure. Je l'encerclai entre le pouce et l'index avant d'en décrire toute la longueur. Bien sûr, je ne pouvais hésiter une seconde sur la nature de « l'objet », mais faussement naïve, je déclarai :

— Le voilà.

Je déclipsai sa ceinture, dégrafai trois boutons de son pantalon et glissai ma main sous son jean. Son sexe était tendu à l'intérieur de son slip. Je le caressai doucement à travers le tissu. Je fis glisser le pantalon jusqu'à ses genoux. Je flattai délicatement son entre-jambes, puis me décidai à libérer son bouton de chair à l'étroit dans son carcan de tissu. Il éprouva enfin la chaleur de ma main sur la peau douce de son sexe. Je le branlai sensuellement.

— Il fallait justement que je me refasse une beauté.

En disant cela, je pris son sexe comme je l'aurais fait de mon bâton de rouge à lèvres. Décalottant son gland, je l'appliquai sur mes lèvres. Il frémit à mes premiers coups de langue. J'entrepris de le sucer avec application.

— Alexandra ! Arrêtez, sinon je vais partir.
— Ce n'est pas le but ?
— Non, j'ai envie d'être en vous.

Il se dégagea, me souleva, me déposa sur le bureau. Sans prendre la peine de me déshabiller, d'une main habile, il écarta mon string. De l'autre, il parcourut ma fente et fit rouler mon clitoris tout enduit de cyprine sous son pouce.

Son sexe lubrifié par ma salive s'engouffra comme un couteau dans le beurre de ma motte fondante. Il me tartina en deux minutes chrono, avant d'étaler sa crème sur ma biscotte.

Mission accomplie.

Femme volage

mercredi 24 avril en soirée

J'avais eu tout le loisir de repenser à notre petit jeu et à sa conclusion. Ce qui me surprenait le plus, c'était la grande facilité avec laquelle j'arrivais à tromper Paul.

Pas l'ombre d'un doute, rien chez lui n'avait éveillé le moindre soupçon. De mon côté, j'oscillais entre deux phases : les périodes de culpabilité où je me reprochais de me comporter comme une traînée, et les moments d'exaltation, où j'avais conscience de vivre enfin une sexualité débridée.

***

Le soir même, Paul me fit l'amour avec ferveur. Je ne pouvais pas m'empêcher de revivre par instant la scène du matin.

Quand Paul fut au bord de « partir », je lui demandai de décharger sur mon ventre. Je le branlai frénétiquement entre mes doigts, frottant sa verge sur mon clitoris.

Dans ma jouissance, j'eus la vision de toutes ces queues que j'avais eues en moi ces derniers temps. Oui, j'aimais la queue de Paul et celle de Jocelyn et celles d'Alex ou de Pascal, mais aussi celle de Monsieur Macchias et toutes les autres. Toutes celles que j'avais énumérées in petto au « jeu de la Vérité ». Chacune à sa façon m'avait fait du bien. Oui, je pensai à toutes ces queues que j'avais éprouvées en moi et à toutes celles qui y viendraient bientôt, et je planais dans une onde de bien-être physique.

J'étais devenue une femme libérée.

Droit de cuissage

jeudi 25 avril

Je n'appréhendais pas les retrouvailles avec Jocelyn. Je savais pertinemment qu'il voudrait marquer le territoire fraîchement conquis.

Ses collaborateurs Christophe et David étaient présents à mon arrivée. Je me posai la question de savoir si Jocelyn avait vendu la mèche du « bon coup » qu'il s'était payé avec moi. De toute façon, je n'étais plus à ça près. Cette hypothèse n'aurait fait qu'avancer mon plan.

Le bonjour fut chaleureux mais correct. Par contre, il me frôla volontiers dans ses allées-venues, et devint très tactile quand il s'adressait à moi. Ces détails ne devaient pas échapper aux deux autres lascars.

A leur départ, Jocelyn put laisser libre cours à ses pulsions. Il vint m'embrasser sauvagement en me mettant la main au panier. Il me dit :

— Dieu sait que j'en ai toujours eu envie, mais tu m'as toujours remis à ma place. Tu cachais bien ton jeu.

— J'ai bien changé ces derniers temps. Tu as su saisir ta chance au bon moment.

— Viens-là.

Jocelyn m'entraîna vers les toilettes. A peine entré, il s'est accroupi, a baissé ma culotte et m'a prodigué un délicieux cunnilingus. J'ai joui sans retenue.

Je l'ai ensuite laissé faire ses quatre voluptés sur moi. Debout, par derrière, il m'a baisée avec une régularité de métronome jusqu'à décharger sur mes fesses.

Puis il s'est introduit de nouveau en moi, mais le bruit de la porte de l'agence a précipité la fin de notre coït. Jocelyn s'est refagoté rapidement pour accueillir les nouveaux entrants.

A la fermeture, il a abaissé le store, puis m'a demandé d'approcher de son bureau.

J'ai vu que son sexe était à l'air et dressé de désir. Je n'ai posé aucune question. Sans en avoir envie, je me suis agenouillée à ses pieds et, comme des millions de fois avant moi, j'ai rejoué la scène de la secrétaire zélée qui taille une pipe à son patron.

J'ai pu observer avec froideur la moindre de ses réactions à mes caresses buccales. J'avais le sentiment d'avoir beaucoup progressé dans cet exercice en quelques semaines. Jocelyn me résista trois minutes avant de décharger sur mes lèvres. Je me suis refait une beauté et je suis rentrée chez moi l'esprit léger.

La routine, quoi !

Quel Cinéma !

Femme libérée ou salope ? La question n'avait plus de sens pour moi. Je vivais pour mon bon plaisir. Épanouie et ravie.

Le matin, sous la douche, je me savonnai méticuleusement en pensant que, peut-être, Alex et Pascal viendraient à l'appartement et exploreraient mes parties les plus intimes.

Je savais aussi que Jocelyn n'aurait de cesse de me tripoter. Je me suis habillée d'une façon sexy, sans être provocante. Un chemisier blanc en coton, une jupe droite noire en soie taillée à mi-cuisse, et de jolis escarpins lacés au-dessus de la cheville.

Je me suis arrangée pour finir plus tôt. Une petite pipe dans les toilettes entre deux clients nous libéra chacun à sa façon ; Jocelyn, de son envie irrépressible de jouir sur mes lèvres et moi, de ma semaine de travail.

Cette conduite immorale excita mon imagination comme jamais je ne l'aurais cru possible. Je me voyais rentrer à l'appartement et retrouver Alex et Pascal dans la même posture que la semaine dernière.

Toute à cette idée pendant le trajet retour, je fus déçue de constater qu'ils n'étaient pas là. Impatiente et frustrée, je tournais en rond dans l'appartement.

Vers treize heures trente, je n'avais pas mangé mais je me décidai à partir. Je descendis en direction du parking quand je les croisai tous les deux. Tout sourire, ils entonnèrent à l'unisson :

— Bonjour, Lexia.

Mon cœur battit la chamade. Au fond de moi, j'appréhendais le moment où je croiserais leurs regards pour la première fois depuis qu'ils m'avaient possédée. J'étais terriblement gênée et fébrile, encore plus que ce que j'avais pu imaginer. L'excitation sexuelle avait totalement disparu.

— Bonjour, vous deux. Je ne m'attendais pas à vous voir.

Leur décontraction tranchait avec mon angoisse. Ils avaient cette « mâle assurance » des gars ayant déjà « éperonné » leur conquête. Même si j'en étais révoltée, je devais admettre que, pour l'instant, le fait de m'avoir baisée leur donnait un ascendant incontestable sur moi.

— On venait poser nos affaires. On ne savait pas si tu serais là. On a fini plus tard. On doit aller au ciné à la séance de quatorze heures.

Pour donner le change, je leur demandai :

— Vous allez voir quoi ?

— « Le Boulet ». Parait que c'est super marrant. Tu veux venir avec nous ?

Je n'avais plus qu'une idée en tête : me défiler.

— C'est que je dois aller faire des courses au Carrefour.

— Tu nous déposes, alors ?

J'étais prise de court. Le centre commercial et le ciné étaient accolés.

— Si vous voulez...

Ils me suivirent jusqu'au parking. Alex s'assit à côté de moi, Pascal prit place à l'arrière. Dans la voiture, les yeux d'Alex se posaient sur mes jambes. J'étais de nouveau troublée.

Alex mit la radio. Un air cubain détendit l'atmosphère. Compay Segundo chantait « Chan Chan ». Alex me demanda de nouveau de venir avec eux. Hésitante, je répondis :

— Oui, ça me changera les idées.

***

La salle était bien remplie. La séance de pub touchait à sa fin. On s'installa sur un côté, Alex à ma droite et Pascal à ma gauche. Le film commença.

Il ne fallut pas bien longtemps pour que la main de Pascal se posât sur mon genou. Je fis mine de la retirer, mais je compris qu'il n'y aurait rien à faire pour m'y opposer. Il flattait ma cuisse depuis quelques minutes, quand Alex comprit le petit manège de son copain et se mit à en faire de même. J'eus bientôt deux mains qui se disputaient la meilleure place sous ma culotte. Je dégoulinai.

La salle riait parfois aux éclats. Je regardais l'écran tout en épiant les spectateurs voisins de peur qu'ils ne découvrent nos petits jeux. Je me laissai faire avec une excitation grandissante.

Pascal se fit plus entreprenant. Il s'empara de ma main et la conduisit jusqu'à son entrejambe. Mes doigts eurent la surprise de trouver son bourgeon de chair dénudé. Il bandait très dur. Je le masturbai avec délicatesse du bout des doigts.

Ma main droite chercha le passage jusqu'à la braguette d'Alex. Je parvins à l'ouvrir et la glisser sous son slip. Sa tige si longue courait sous son jeans. Alex se souleva légèrement pour l'ôter jusqu'à mi-cuisse.

J'étais parfaitement à mon aise pour les branler tous les deux, d'un mouvement lent et symétrique.

Un doigt s'immisça dans ma fente, tandis que deux autres manuélisèrent mon clitoris. Je savais que j'aurais du mal à jouir, mais je rendis la pareille à mes deux amants.

Accélérant mon mouvement, je déduisis de la crispation de leurs gestes qu'ils ne tarderaient pas à crier grâce. Se mordant la lèvre, Pascal partit le premier. Il a dû asperger le fauteuil de devant et sa chemise tellement la pression me sembla forte. Il s'apaisa enfin sous mes doigts.

Alex avait cessé de me toucher. Il se cramponna aux accoudoirs de son siège, se tourna vers moi, m'embrassa à pleine bouche, et passa son bras autour de mon cou. Je tentai de le caresser de mon mieux.

Sans crier gare, il m'entraîna vers son membre. Je le pris en bouche, me doutant qu'il exploserait d'une seconde à l'autre. Il partit en d'incontrôlables décharges, étouffant ses cris. Il maintint mon visage sur son sexe jusqu'à ce qu'il se soit vidé complètement. Quelques secondes après son dernier soubresaut, il me libéra.

Je ne voulus pas avaler son sperme. J'ai réajusté ma culotte et me suis levée pour aller cracher aux toilettes. Tandis que je me rinçais la bouche, la porte s'ouvrit derrière moi. Dans la glace, je reconnus les deux lascars.

— Qu'est-ce que vous faites là ?

— D'après toi Lexia ? demanda Alex. Tu croyais t'en tirer juste avec une petite pipe ?

— Pas ici, on pourrait nous voir.

— Parce qu'on ne pouvait pas nous voir dans la salle ? se moqua Pascal.

Tout en argumentant, il glissa sa main sous ma jupe. Ses doigts trouvèrent vite le passage sous ma culotte trempée. Appuyée sur le lavabo, je me fis doigter par ce jeunot.

Alex me redressa et m'embrassa avec passion. Il y avait beaucoup de tendresse dans ses gestes. On aurait presque pu dire que la scène était romantique si Pascal n'avait pas sorti son sexe pour m'enfourner par derrière.

Je ne réclamais que ça. J'avais une terrible envie de me faire prendre. Je voulais jouir. Pascal me lima consciencieusement, mais déchargea sur mes fesses avant que je n'atteigne la jouissance.

Il se retira, me laissant pantelante. Il se rinça la queue, ne se souciant plus de moi. Je susurrai à l'oreille d'Alex :

— Viens. Fais-moi jouir.

Je m'appuyai de tout mon poids sur le lavabo et j'offris mes fesses à sa vue, les reins bien cambrés. Il m'enfila de tout son long, avec sa tige incroyablement longue et fine. La sensation était divine. Après quelques allers-retours, il me fit jouir.

Sa vigueur à m'embrocher diffusait encore des ondes de plaisir dans tout mon corps. Pascal se contentait désormais d'observer la scène. Alex accéléra follement la cadence :

— Tu vas me faire décharger. Donne-moi ta bouche.

J'essayai de me retourner rapidement. Je pris son sexe dans ma main mais, avant même d'avoir pu entrouvrir la bouche, je reçus les premières décharges sur mon visage. Je l'embouchai avec douceur pour le faire fondre sous ma langue, tout en scrutant la moindre de ses réactions. Lorsqu'enfin, il croisa mon regard, il m'avoua d'un air candide :

— Tu es ravissante, Lexia !

Depuis, je ne peux plus regarder un film avec « Benoît Poelvoorde » sans penser à mes aventures pendant la projection du Boulet.

Mes amitiés à Madame

samedi 27 avril et dimanche 28 avril

Ironie du sort, quand Paul m'avait annoncé le « scoop » de la brouille entre Patrick et Sandra, scoop éventé pour les raisons que vous connaissez déjà, j'avais feint la surprise. Je ne pouvais pas décemment lui dire que j'avais appris la chose de la bouche même de Patrick, qui, en guise de consolation, avait profité de l'occasion pour le cocufier. Par contre, c'est bien Paul qui eut la primeur de leur réconciliation. Il me révéla la nouvelle vendredi soir, et cerise sur le gâteau, nous étions conviés à fêter leurs retrouvailles dans leur maison de campagne...

Bis repetita. Pour le deuxième week-end de suite, je devais jouer l'épouse fidèle sous les yeux de son cocu de mari. Une scène jouée des millions de fois depuis que le monde est monde, mais assez inhabituelle pour moi. Dans ce remake, Patrick endossait le rôle tenu précédemment par Alex. Je trouvais qu'il y avait quelque chose de faux à célébrer leur bonheur retrouvé. La tromperie et la souillure du mensonge gâcheraient à coup sûr la fête. En tout cas pour moi. Comment pourrait-il en être autrement pour Patrick ?

Sa mine enjouée à notre arrivée tendit à prouver le contraire. Comment pouvait-il faire semblant à ce point ? Ne vivait-il pas dans l'angoisse que Sandra ou Paul découvre la vérité ? Pour trouver la réponse à ces questions, je n'avais pas à chercher bien loin. Une simple introspection suffisait. Nous étions condamnés à vivre dans le mensonge. Il fallait faire avec. Si j'avais admis ce postulat concernant mon couple, le voir illustré sous mes yeux chez nos plus proches amis, m'était insupportable. Il faudrait pourtant que je m'y fasse. Les remords sont là. L'estime de soi en prend un coup. Mais on pense qu'il y a toujours quelque chose à sauver.

***

Les hommes s'occupèrent du barbecue, Sandra et moi de tout le reste. Contrairement à son habitude, elle me fit quelques confidences sur sa vie sexuelle. Elle m'expliqua pourquoi elle était partie. Elle ne supportait plus que Patrick se branle devant son PC en regardant des vidéos. Elle prenait ça pour une trahison. Cette révélation n'en était pas une... Progressivement le désir de l'autre était parti. Il lui manquait quelque chose avec Patrick. Elle avait eu envie d'aller voir ailleurs. Elle avait pensé à un de ses collègues qui lui faisait du gringue depuis plusieurs mois. Mais ses sentiments pour Patrick étaient si forts qu'elle n'avait pas pu franchir le pas. Elle avait même craint de le perdre définitivement et s'était empressée de retourner vers lui.

— Cette séparation nous a fait du bien à tous les deux. Par contre, je me demande si Patrick n'en a pas profité pour aller voir ailleurs. Paul ne t'aurait parlé de rien ?

— Non, non !

— Passé le choc de la rupture, il semble avoir vécu cette situation avec tellement de facilité que je le soupçonne de ...

Elle ne finit pas sa phrase, perdue dans ses pensées, puis en commença une autre qu'elle laissa aussi en suspens :

— Et puis connaissant ses envies... Mais tu sais, ça ne changerait rien s'il était allé voir ailleurs. Après tout, c'est moi qui suis partie. Il était libre de faire ce qu'il voulait. Tu me le dirais si tu le savais, Lexia ?

— Bien sûr ! Mais je t'assure, tu te fais des idées. Patrick n'a jamais eu que toi dans la tête. Ça crève les yeux !

— Oui, de toute façon, je ne regrette rien. Et c'est vrai que les réconciliations sur l'oreiller, c'est magique. Ma libido est remontée en flèche. Cette épreuve a renforcé notre couple.

Je ne demandais qu'à la croire...

La bonne humeur durant le repas finit par me contaminer. Je me disais qu'il ne fallait pas prendre tout cela au tragique. Carpe Diem. Au cours du dîner, il me semblait parfois que Patrick cherchait le contact avec ma jambe. C'était anodin et je ne m'y dérobai pas. Je n'attendais rien de particulier. Aucune occasion ne se présenta pendant la soirée pour la moindre initiative.

***

Le dimanche matin, je me levai en même temps que Paul. Nous avons retrouvé Patrick à la cuisine. Sandra dormait encore. Paul s'est proposé d'aller chercher les croissants au village voisin. Quand sa voiture s'éloigna de la maison, Patrick se dirigea illico presto vers moi. Il m'embrassa avec fougue, puis s'agenouilla devant moi et me fit signe le doigt devant sa bouche :

— Chut.

Il baissa ma culotte. Je l'enjambai pour l'ôter complètement. Debout, adossée au buffet, il me fit comprendre que je devais écarter les cuisses. Goulûment, il dévora ma chatte. Je me retins pour ne pas émettre de bruit suspect. Il marquait parfois une pause pour écouter les bruits de la maison, les yeux rivés vers le haut comme si ça l'aidait pour écouter à l'étage. Ce petit manège m'excitait vraiment. Quand ma chatte fut trempée, il se releva, me retourna et me prit par derrière. J'ai malencontreusement laissé échapper un cri de jouissance sur un de ses coups de reins plus profond que les autres. Patrick s'est immobilisé et m'a tirée par les cheveux pour me forcer à le regarder. Il m'a de nouveau fait signe :

— Chut.

J'ai acquiescé. Il a repris son coït. Ce rapport à la sauvette me rendit complètement folle. Il concrétisait sans doute un de mes fantasmes. Je ne me suis pas fait prier pour jouir. J'ai dû me mordre la main pour ne pas hurler. Patrick n'a pas traîné non plus, déchargeant tout son foutre en moi, quelques secondes après mes derniers soubresauts. Je terminai de me laver la chatte lorsque Paul revint de la boulangerie.

Il n'y avait pas que les croissants qui étaient tout chauds sortis du four.

Une secrétaire zélée

lundi 29 avril

Le lundi matin fut conforme aux précédents. Dès que l'occasion se présenta, Jocelyn m'invita à lui tailler une pipe. Comme une employée modèle, je m'exécutai avec plaisir.

La tension monta d'un cran lorsque l'entrée inopinée de clients m'obligea à rester cachée sous son bureau. A sa plus grande surprise, je ne lâchai pas prise quand la conversation s'engagea. Jocelyn dut faire preuve d'une incroyable maîtrise pour ne pas être pris sur le fait, couvrant ses râles de plaisir en toussotant avec insistance. Il essaya de converser le plus « naturellement » possible.

J'imagine le calvaire qu'il dût endurer pour masquer sa jouissance. Comble de perfidie, je ne cessai pas ma fellation quand il juta dans ma bouche. Ses soubresauts sur le fauteuil me démontrèrent l'efficacité de mes coups de langue. Cependant je me refusai à avaler et son sperme, mélangé à ma salive, perla le long de son membre.

Excitée par la situation, je prolongeai son supplice jusqu'à le faire jouir une deuxième fois dans ma bouche. Il se cramponna de toutes forces aux accoudoirs puis coula lentement au fond de son siège. Je me décidai enfin à relâcher mon emprise lorsque son sexe reprit sa taille au repos. Malgré son slip trempé de foutre, je le reboutonnai méthodiquement pour qu'il puisse saluer ses clients sans être totalement débrayé.

J'ai attendu qu'il les raccompagne à la porte pour sortir de ma cachette. Je revois encore sa mine ahurie quand il revint vers moi.

— Tu...

Incapable de finir sa phrase, le sourire lui vint sur les lèvres. Je chantonnai en lui faisant un pied de nez :

— Turlututu chapeau pointu !

On explosa tous les deux de rire.

Cet état de ravissement ne le quitta pas de la matinée.

Cyberespace

mardi 30 avril

Cette matinée fut plus chaste que la précédente. Jocelyn avait trouvé une solution interne à mon remplacement. David me succéderait. Il avait été embauché comme agent commercial à mi-temps en septembre. C'était l'occasion pour lui de passer à temps plein. Son BEP comptabilité plaidait en sa faveur. Jocelyn me demanda de l'initier au logiciel de gestion et à quelques formalités administratives.

Je m'attelai à la tâche dès ce matin. J'avais quinze jours pour le former, et bien entendu, je misais sur ce rapprochement pour réaliser la deuxième partie de mon « contrat ».

Je pris ma mission à cœur. Mais David était plus timide qu'il ne le paraissait de prime abord. Assis à mes côtés, il se déroba aux contacts de ma cuisse contre la sienne qu'imposait pourtant l'étroitesse du bureau. Je le surpris, parfois, le regard perdu sur mes jambes dénudées, mais jamais sa main ne s'égara sur ma peau.

Finalement, la seule avancée notable de la matinée fut un échange d'adresse e-mail. J'en profitai pour lui donner mon « MSN » pour l'aider en cas de besoin. La « Hotline » ne tarda pas à fonctionner.

Dans l'après-midi, je reçus un premier mail de David. Il me demandait quelques précisions concernant la tenue du registre. La conversation se poursuivit un peu au-delà de la résolution du problème et il me proposa de m'envoyer quelques « mp3 » dans la soirée. J'acceptai avec plaisir, consciente que c'était un bon moyen de dépasser les rapports purement professionnels.

Après vingt-deux heures, une fois Paul endormi, je me connectai. J'écoutai en sourdine la musique qu'il « kiffait », sans la « kiffer » moi-même. Il était « mdr » à chacune de mes réparties. Le nombre de ses « LoL » et de ses « Wizz » me prouvait qu'il gagnait en confiance.

Je pris conscience que j'avais en face de moi un grand « ado » attardé, fan de « tuning » et de manga mais, depuis quelques semaines, ce n'était plus un obstacle susceptible de m'arrêter.

Il ne tarda pas à me proposer une conversation audio. J'acceptai en lui précisant que je ne parlerais pas, mais que je me contenterais de pianoter sur le clavier pour répondre car Paul dormait dans la pièce voisine.

J'eus droit aux photos de sa « Clio » rabaissée, jantes à bâtons chromées prises lors du précédent meeting. Avec la promesse de m'en envoyer d'autres qui « donnaient » beaucoup mieux... J'encaissai en restant courtoise. Vinrent quelques planches de mangas japonais, ultra violents et légèrement érotiques. Se présentait enfin l'occasion de l'emmener sur le terrain souhaité. Mais, comme un grand dadais qu'il était, il ne saisit pas la perche tendue...

Je tentai de l'allumer gentiment. Je portais une simple chemise de nuit en soie d'un blanc nacré, attachée mollement à la taille. Suivant mes mouvements, elle laissait entrevoir ma menue poitrine. J'en mesurais soigneusement les effets sur l'image de contrôle de ma webcam. Cette tentative sembla plus favorable. David, captivé par le spectacle, ne lâcha plus l'écran des yeux.

Je me suis levée pour aller chercher à boire. A mon retour, pour affoler encore un peu plus ses compteurs, j'en profitai pour me dandiner devant la caméra, faisant mine de chercher un DVD sur une colonne à ma gauche. Malicieusement, je suivais à l'écran les différentes postures que je prenais devant lui.

En m'asseyant, je laissai poindre négligemment un sein en dehors de ma chemise entr'ouverte. Jouant les fausses ingénues, je réajustai le pan de tissu et m'excusai :

— Oups. Désolée. Ce n'est pas une tenue pour se montrer à un collègue de travail !

— Ça vous va très bien, Alexandra.

Enfin, il montrait un peu d'audace. Je me dis que ce n'était pas trop tôt.

— Merci, mais ce n'est pas la question. C'est un peu trop dénudé à mon goût.

— Moi, j'aime bien.

— D'accord. Mais je compte sur toi pour rester discret.

— Promis.

J'ai encore eu droit à une tirade sur les belles voitures. La discussion en est restée à de très fades détails. Pour titiller son imagination, je me suis contorsionnée en diverses poses lascives. On a babillé ensemble une petite demi-heure avant d'aller se coucher. Je me doute que mes postures le travaillèrent encore sous la couette.

Je me demandais si, à l'instar d'Alex et Pascal, il ne serait pas le prochain puceau que je devais déniaiser, et malencontreusement, la tâche m'apparaissait plus ardue que prévue...

Un brin de muguet

mercredi 1ᵉʳ mai

Paul en parfait mari m'apporta le petit déjeuner au lit, un brin de muguet déposé sur le plateau. Il était romantique à souhait, une seconde nature chez lui...

Le matin, nous fîmes une longue promenade sur les berges de la Seine, main dans la main, nous attardant parfois sur les étals des bouquinistes.

Nous avons déjeuné dans un restaurant italien du quartier latin, pris un bain de soleil dans les jardins du Luxembourg, avant de terminer la soirée, en amoureux, devant la télé et un plateau-repas du traiteur chinois.

Paul n'a pas vu la fin du film, il s'est endormi avant.

***

Paul était un ange. Si j'avais un humour sardonique, je pourrais relancer le débat concernant la sempiternelle question : « *Les anges ont-ils un sexe ?* », confirmant au passage qu'ils en ont un, mais que la Nature ne les a pas suffisamment pourvus.

Quel gâchis !

Une fois seule, je me suis connectée dans l'espoir de croiser David. Il n'était pas en ligne, mais je trouvai dans ma boite aux lettres un mail qu'il m'avait adressé contenant en pièces jointes quelques photos de sa « Clio customisée ». Au moins le jeune homme tenait ses promesses...

Énervée et amusée à la fois par tant de candeur, pour user d'un euphémisme, je patientais en surfant sur le net. Il fit son apparition une demi-heure plus tard. J'avais tendu mes filets au cas où. J'étais vêtue d'une nuisette très glamour.

Lorsque la conversation vidéo s'engagea, il me complimenta sur ma tenue mais sans s'attarder sur la chose. Il faut dire qu'il avait le chic pour choisir des sujets de discussion passionnants. Après avoir sollicité mon avis sur les photos de sa voiture, il « embraya » sur son travail à l'agence. Sans grande conviction, je lui donnai le change.

J'en profitai quand même pour le questionner sur ses rapports avec Jocelyn et Christophe. Il m'avoua qu'il appréciait Jocelyn sans le connaître vraiment mais que Christophe était devenu son grand ami. Je notai ce détail qui pourrait s'avérer précieux pour la suite.

N'oubliant pas mon objectif de le faire succomber à mes charmes, j'abordai un sujet plus propice à la confidence :

— As-tu une petite amie ?

— Euh... oui.

— Elle vit avec toi ?

— Pas en ce moment.

— Comment ça ?

— Oui, elle est en vacances une semaine chez ses parents.

— Ah ! OK. Et ça fait longtemps que vous vivez ensemble ?

— Non, ça fera bientôt deux mois.

— Je vois. C'est tout frais.

— Oui, et c'est la première fois que je me mets en ménage.

— Ça te plaît ?

— Oui, ça change mes habitudes de vieux garçon. On découvre l'autre sous un nouveau visage.

— Es-tu satisfait de ta relation ?

— Tout n'est pas parfait. Mais ça va.

— Je sens que tu te poses des questions, non ?

— Oui, quelques-unes, mais on s'en pose tous.

— Quel genre de questions ?

— Si on est vraiment fait pour vivre ensemble, par exemple.

— Ah carrément. Et tu as une idée de la réponse ?

— Pas encore.

— Qu'est ce qui te fait douter ?

— On est différents, presque trop différents. Et puis sa famille me soûle.

— Ça, ce sont des choses qui arrivent.

— Notre relation est devenue « plan-plan » depuis qu'on habite ensemble.

— La routine du quotidien, c'est moins excitant que les sorties du week-end...

— C'est clair.

— Toi, je sens que tu as envie de mettre du piment dans ta vie. Excuse-moi si je suis indiscrète, mais je parie que vos rapports se sont espacés. Je me trompe ?

— Non, vous avez raison.

— Tu sais David, tu peux me tutoyer. On est collègues.

— J'ai du mal à tutoyer au début, mais je vais essayer.

— Donc, comme beaucoup de mecs, tu es en manque de sexe pour parler crûment ?

— On peut dire ça, oui.

— Et tu as pensé à aller voir ailleurs ?

— Ça m'arrive.

— C'est pas bon signe dans un couple...

— Et toi, tu ne me parles pas du tien.

— Qu'est-ce que tu veux savoir ?

— Où est ton mari en ce moment, par exemple.

— Il dort.

— Il te laisse « chatter » sans problème ?

— Il n'est pas vraiment au courant.

La conversation empruntait un cours favorable quand le téléphone de David retentit. Sa petite amie venait aux nouvelles. Intuition féminine ou pure coïncidence ? Peut-être pressentait-elle que quelque chose se tramait en son absence. Nous avons abrégé. Rendez-vous fut pris pour le lendemain.

Un brin étroite

jeudi 2 mai au matin

Jocelyn s'arrangea pour que nous restions seuls à l'agence, David et Christophe étaient en clientèle pour toute la matinée. Il avait sans doute une idée bien précise en tête.

Dès que l'occasion se présenta, il tira le rideau de l'agence. J'étais un peu surprise, tout en me doutant de ses intentions. Il m'attira à lui, m'allongea sur son bureau, retira ma petite culotte et me prodigua un cunnilingus qui me mit la chatte en feu. Je remarquai que son doigt s'égarait très souvent sur ma rosette. Après quelques manipulations pendant lesquelles il ne cessa de me lécher, il revint à la charge. Cette fois, je sentis un liquide froid sur le bout de son doigt. La facilité avec laquelle il l'enfonça en moi ne laissa aucun doute sur la nature de la substance. Il s'agissait d'un gel lubrifiant.

Il avait bien tout manigancé pour arriver à ses fins. Dans l'euphorie de l'action, je ne trouvai rien à redire. L'idée ne me déplaisait pas, bien au contraire. Jocelyn introduit un autre doigt dans ma chatte. Sa pince d'amour, combinée à sa langue goulue, me transporta aux nues. Il me donna un bel orgasme.

Il fallait se douter qu'il n'en resterait pas là. Il me fit mettre à quatre pattes. Il entendait emprunter avec sa queue le même chemin qu'avec ses doigts. Bien que tous mes orifices fussent parfaitement huilés, je sentis douloureusement la différence de calibre.

Il gagna centimètre par centimètre, jusqu'à rentrer totalement dans mon trou si étroit. A la douceur de l'intronisation se substitua une farouche détermination à me labourer le cul. Il me sodomisa comme un vrai marteau piqueur, claquant mes fesses en me chevauchant. Il explosa sur ma croupe en me traitant de « petite salope ».

Je ne pouvais pas vraiment lui donner tort...

Cybersexe

Comme la veille au soir, je dus attendre que Paul se couche pour me connecter à « MSN ». J'espérais retrouver David.

Fidèle au poste, il me « sauta dessus » dès que j'apparus en ligne et m'invita à une conversation vidéo. Ses yeux pétillèrent quand il découvrit ma tenue. Je portais un shorty très sexy et un petit débardeur laissant voir mon nombril. Jouer les allumeuses me plaisait au plus haut point. C'était le plus sûr moyen pour me faire draguer.

Il reprit la conversation où nous l'avions laissée hier et me questionna sur ma relation avec Paul. Je fis le nécessaire pour lui faire comprendre de manière allusive que je n'étais pas totalement satisfaite. Il s'engouffra dans la brèche et la discussion prit un tour plus sexy.

— Comment se fait-il que Paul soit couché et endormi alors que sa femme est tellement désirable en petite tenue ?

Au lieu de prendre la défense de Paul comme l'aurait fait n'importe quelle épouse fidèle, je jouai le jeu de l'épouse délaissée qui ne demandait qu'à être consolée.

— Faut lui demander...

— Il ne connaît pas sa chance. Et c'est tous les soirs comme ça ?

— Presque...

— Quel idiot ! Et moi qui aimerais tellement être à sa place.

— Faut pas dire des choses comme ça.

— Qu'est-ce que je risque ?

— On ne doit pas réveiller l'eau qui dort.

— Je veux bien prendre le risque. Qu'est-ce qui manque à Paul pour vous faire vibrer ?

— Je n'en sais rien.

— Et en cherchant bien ?

— Je ne sais pas. Peut-être un peu de virilité.

— Il n'est pas assez macho ?

— Un chouïa, oui...

— Vous aimez les hommes virils ?

— Je crois, sans jamais avoir vraiment testé. Mais je me sens attirée.

— Vous devriez essayer pour en avoir le cœur net.

— Il faudrait déjà que j'en trouve un.

— Peut-être que je pourrais faire l'affaire ?

— Je ne sais pas. Je crois que tu n'as pas suffisamment confiance en toi pour être viril.

— Comment ça ?

— Par exemple, hier je t'ai demandé de me tutoyer et pourtant, aujourd'hui tu me vouvoies.

— Si ce n'est que ça, tu verras que je sais être viril.

— Faut voir.

— Tu dis ça sérieusement ?

— Je n'ai encore rien dit. Mais je dois vérifier certaines choses.

— Lesquelles ?

— D'abord, il faudrait que je sois sûre de te faire de l'effet.

— Pas de doute là-dessus !

— En ce moment ?

— Euh... oui.

— Alors, montre-moi !

— Montrer quoi ?

— Ton érection. Ça fait partie des critères. Je dois m'assurer que la Nature t'a bien doté.

— Là ? Comme ça ? Devant la caméra ?

— Ben, oui. A un moment, il faut prouver ce que l'on avance.

David se leva de son siège. Il était en slip. Son érection était effectivement difficilement contenue à l'intérieur.

— Je ne vois pas bien. Sors-la et prends-la dans ta main.

Après une petite hésitation, il sortit son engin. Il était de taille respectable.

— Tu es plutôt bien monté.

— Tu trouves ?

— Oui, elle est appétissante. J'aimerais la manger. Veux-tu te caresser pour moi ?

David s'exécuta sans se faire prier. Il se branla devant moi.

— Pourquoi tu ne te touches pas aussi ?

— Imagine plutôt que je te suce.

Je l'encourageai en léchant mon majeur de façon suggestive.

— Pense que ton sexe prend la place de mon doigt. Regarde comme ma langue tourne autour de ton membre.

Il se branla de plus en plus vite. Je surveillais la porte de la chambre de temps en temps, un peu inquiète à l'idée que Paul puisse arriver à l'improviste.

— Ça te plairait de partir sur mes lèvres ?

— Oh, oui.

— Fais-toi du bien. Tu verras comme mes lèvres sont douces.

Je passai ma langue sur mes lèvres en écrivant cela. David déchargea puissamment en poussant de petits râles de plaisir.

— C'était bon ?

— Oui, très ! Mais toi, tu ne t'es pas fait jouir ?

— J'espère que tu t'en souviendras demain.

— Je ne risque pas d'oublier !

David a certainement fait de beaux rêves cette nuit-là.

Mise en orbite

vendredi 3 mai

Jocelyn s'absenta toute la matinée. Vers dix heures, David et Christophe passèrent à l'agence. Je croisai David pour la première fois depuis nos ébats virtuels. Ses yeux pétillèrent de malice, mais il se contenait en présence de son collègue. Tous deux plaisantèrent avec moi.

Christophe remit sur le tapis une vague promesse au sujet d'une partie de « poker ». Je repoussai encore un peu l'échéance.

— J'honorerai cette « soi-disant » promesse le jour de mon départ, pour que la suite soit plus facile à gérer pour moi.

L'assurance de Christophe me donna à penser qu'il était peut-être déjà dans la confidence avec David. L'avenir me le dirait bientôt.

David prétexta quelques questions sur la comptabilité de l'agence pour se rapprocher de moi. Mais à son grand regret, il dût repartir prestement pour « rentrer » un nouveau mandat. Il m'appela en fin de matinée. Il chuchotait, car Christophe était dans les parages.

Il m'invita à déjeuner. Étant seule ce midi, j'acceptai. Je ne rapporterai pas ici dans le menu détail nos échanges lénifiants, mais le repas me parut plutôt long. Faire la conversation n'était visiblement pas sa tasse de thé. D'ailleurs, je connaissais déjà ses limites, entrevues sur le net. Cela m'importait peu, il était plutôt mignon.

J'avais pleinement conscience d'accomplir un plan mis au point depuis quelques jours. Je réalisai aussi que ma perception des choses se transformait progressivement. Ma conception du Bien et du Mal évoluait. J'avais repoussé mes limites bien plus loin que je ne l'aurais cru possible. Je regardais les évènements de manière plus détachée. J'en arrivais parfois à être cynique.

Par exemple, je me demandai pendant le repas comment il s'y prendrait pour me ramener chez lui. Je ris in petto en imaginant que, peut-être, il me proposerait une visite de son appartement, pure déformation professionnelle venant de la part d'un agent immobilier... J'avais tout faux. Il m'invita le plus classiquement du monde :

— Tu veux prendre le café chez moi ?
— Avec plaisir.

C'était une excuse comme une autre pour me « sauter » dans un endroit confortable. J'éviterais ainsi les courbatures provoquées par les contorsions sur un siège de voiture, fût-elle « customisée ». Je n'étais pas fan de « tuning »...

***

Le poster de sa petite amie était encadré sur le mur du salon. C'est sous son regard que David me donna un premier baiser.

Décidément, il n'y avait rien de sacré en ce bas monde. Il poussa le sacrilège encore plus loin en me conduisant sur le grand autel du lit conjugal. J'aurais bien fait ma bêcheuse en lui rappelant qu'il oubliait le café, mais je ne voulus pas le couper dans son élan.

Il se montra très entreprenant. Visiblement son rôle d'homme viril lui tenait à cœur. Il faut bien avouer que c'est le numéro que je lui avais « commandé » sur le net. Il me baisa sous toutes les coutures avec une endurance à toute épreuve. Une vraie performance sportive qui me lessiva totalement.

Les ronflements de David me sortirent de ma torpeur. Je m'éclipsai sans faire de bruit. Pour ne pas le réveiller, je décidai de me doucher à la maison. Sur le trajet du retour, je me demandai déjà comment j'allais m'y prendre avec Christophe.

Premiers soupçons

vendredi 3 mai fin d'après midi

Surprise en ouvrant la porte ! Paul était dans l'appartement...

— Tiens, tu es déjà là ?

— Ben, oui. Et toi, tu étais où ? Tu n'es pas rentrée pour manger ?

— Non, nous sommes allés manger un morceau avec les collègues.

— Je t'ai laissé deux messages sur ton portable pour te dire que je rentrerai plus tôt aujourd'hui...

— Désolée, je n'ai pas pensé à l'allumer.

— En parlant d'allumer, tu es habillée bien sexy...

C'était dit davantage sur le ton du reproche que comme un compliment. Je fis mine de prendre la remarque pour argent comptant.

— Ça te plaît ?

— Oui, mais pour aller bosser, je trouve que c'est un peu chic et ... un peu court aussi.

— Je suis toujours bien habillée. Tu ne m'as jamais connue en jeans et baskets que je sache ?

— Non, c'est sûr. Mais dans cette tenue, on dirait une vraie vamp.

— Faut pas exagérer, non plus !

— Tu dois attirer les regards en tout cas.

— Tu ne serais pas en train de me faire une crise de jalousie ?

— Ce n'est pas de la jalousie. Je me pose juste quelques questions.

— Mouais. Ce serait une première en tout cas. Et puis c'est tellement mimi.

Je voulais paraître attendrie par son attitude, mais intérieurement je ne me sentais pas vraiment à l'aise. J'essayai de changer de conversation.

— Ta journée s'est bien passée ?

— Oui, très bien, merci et la tienne ?

— Oui, sans plus. La routine. Je termine en roue libre. Plus que deux semaines et c'est une nouvelle vie qui commence.

— En t'attendant, j'ai traîné sur le PC et j'ai vu que tu avais une adresse « MSN ».

— Oui, et où est le mal ?

— Pourquoi es-tu sur la défensive ?

— Je ne suis pas sur la défensive, mais tu as l'air de vouloir me faire des reproches.

— Non, je voudrais savoir ce que tu fais dessus.

— Tu en as une aussi. Je ne fais rien de plus que toi, ça devrait te rassurer.

— Et bien pour quelqu'un qui n'est pas sur la défensive, tu te défends plutôt bien.

— Mais à quoi tu joues ? Tu cherches quoi au juste ?

— Rien de spécial. Je veux juste savoir ce que ma femme fait de ses journées. Ça te choque ? Est-ce une préoccupation malsaine ?

— Tu me suspectes de quoi ?

— De rien en particulier. Je ne comprends pas qu'une question aussi anodine te mette dans un pareil état. A croire que tu as quelque chose à te reprocher...

— Je préfère ne pas relever. Ça n'en vaut pas la peine.

— Quand tu seras mieux lunée, on reprendra la discussion. J'ai quand même deux ou trois choses qui me chiffonnent.

— Je croyais qu'on avait fait le tour de la question.

— Toi oui, moi non.

— Comme tu voudras. On refera un tour gratis juste pour toi.

J'avais appris à mener une double vie, mes crises morales étant de plus en plus espacées et de moins en moins intenses. Cette « pseudo-tranquillité » venait de l'absence de méfiance de Paul. A plusieurs reprises, je m'étais fait la réflexion que le tromper était une chose tellement simple. Mais ce jour-là, tout bascula. Je ressentis un profond malaise.

J'ai préparé le repas et mis la table. Paul n'a plus desserré les dents de la soirée. Mes quelques tentatives pour renouer le dialogue sont restées vaines.

— Je vais me coucher. Tu peux te connecter. Bonne nuit.
— Aucune envie, merci. Bonne nuit.

J'ai rejoint Paul après avoir remis en ordre. Nous avons dormi à « l'auberge du cul tourné », une très mauvaise adresse.

L'ombre d'un doute

samedi 4 mai et dimanche 5 mai

— Tu discutes avec qui sur « MSN » ?

— Personne en particulier. Parfois avec mon collègue David qui va me remplacer à l'agence. Il a besoin de conseils sur la comptabilité. Il m'envoie des mails, ou quelquefois, on chatte en direct. Rien de bien méchant.

— Et pourquoi tu ne m'en as pas parlé ?

— Pour rien. Je ne sais pas. C'est un truc sans importance.

— Pas pour moi.

— Si ça te pose problème, je peux arrêter immédiatement. Tu sais, dans 15 jours, je n'y serai plus dans cette boîte.

— M'as-tu déjà trompé ?

— Mais, non ! Quelle idée ! Qu'est-ce qu'il t'arrive pour me poser de telles questions ?

Comment pouvais-je lui mentir aussi effrontément ? Et le faire avec autant de sincérité dans la voix ? Quand je le dis, j'arrivai presque à me convaincre.

— Un vague pressentiment.

L'idée qu'il puisse douter de ma parole m'offusqua vraiment. La meilleure défense est l'attaque. J'enchaînai avec toupet :

— Et toi ? M'as-tu trompée ?

— Non ! Je t'aime et je n'ai jamais eu envie d'aller voir ailleurs.

— Rassure-toi, moi non plus.

— C'est vrai ?

— Mais, oui ! Puisque je te le dis !

— En réfléchissant cette nuit, je me demandais comment s'était présentée cette opportunité d'emploi. Qu'est-ce que ton employeur avait derrière la tête en t'embauchant ?

— Mon sérieux, ma compétence. Peut-être que ça te paraît impossible me concernant ?

— Non. Mais ne t'a-t-il pas embauché aussi parce qu'il te trouvait jolie ?

— Sans doute, aussi. Mais est-ce un crime ? Ne m'as-tu pas épousée aussi, et entre autres, parce que j'étais jolie ? Pourtant, j'ose espérer que ce n'est pas l'unique raison.

— Tu mélanges tout !

Marquant une pause, comme pour mieux m'asséner une vérité universelle :

— J'ai le sentiment que tu as changé ces dernières semaines.

— Le fait d'avoir eu cette opportunité professionnelle m'a donné davantage confiance en moi. Je me sens pleinement épanouie.

— Ça doit être ça. Je suis passé à côté de ta métamorphose. La chenille devient papillon. T'envole pas trop loin, on pourrait finir par se perdre.

— On pourrait surtout éviter de se pourrir le week-end avec une dispute qui n'a pas lieu d'être, non ?

Paul jouait les autistes.

— Que dirais-tu d'une escapade ?

— Si tu insistes...

— Ne fais pas ta mauvaise tête. Allons à Reims. C'est une belle destination, pas trop loin de Paris. On ira faire brûler un cierge à la cathédrale pour sauver notre couple !

Je ne voulais pas le perdre, même si, confusément, je savais que quelque chose d'irréversible était enclenché. Je n'osais pas encore m'avouer que la fin de notre relation était inéluctable.

Je me fis chatte contre lui, passant ma main sous sa chemise et l'embrassant dans le cou. Il resta impassible.

— Quand tu auras fini de bouder, tu me feras signe ?

Je déboutonnai son pantalon et glissai mes doigts dans son slip.

— Ça risque coûter plus cher en paraffine qu'en essence... ironisa-t-il.

Sous l'effet conjugué de son trait d'humour et de mes doigts habiles sur ses bourses, il ne put réfréner un sourire. Il se détendit enfin.

Je m'appliquai pour qu'il ne perde pas sa bonne humeur retrouvée. Je mis tout mon art à lui tailler une pipe. Il cracha son amertume dans ma bouche.

La crise était passée.

Une « voix » de garage.

lundi 6 mai

— Alexandra !

Je me retournai et aperçus Christophe.

— Est-ce que je peux te parler ?

— Est-ce si urgent ? Pourquoi pas à l'agence ?

— Je préférerais un endroit discret.

— De quoi s'agit-il ?

— Ce week-end David m'a fait quelques confidences sur toi. Paraît que tu aimes les mecs virils et plutôt bien montés. Tout de suite, je me suis dit que je pourrais faire l'affaire.

C'était plutôt abrupt et impromptu, mais ça avait le mérite d'être clair et de servir mes plans.

— Faut voir. On peut peut-être en discuter ailleurs, non ?

— Oui, mais je peux avoir un échantillon ? Depuis le temps que j'en crève d'envie !

Il s'approcha de moi et me donna un baiser passionné. Il avait des manières de bûcheron. Il m'entraîna par la main jusqu'au côté passager. Il se désintéressa de moi le temps d'ouvrir la portière, de reculer et d'incliner le siège. Je devinai l'usage qu'il comptait faire de ma voiture, et l'idée ne me plut guère. Le parking était assez fréquenté à cette heure.

Il ne tint pas compte de mes réticences. Ses grosses mains palpèrent mes cuisses et trouvèrent le chemin de ma chatte. Ma culotte fut un bien frêle dernier rempart qu'il escalada aussitôt. Son majeur doigta mon intimité mécaniquement. Son insistance à vouloir me posséder ici et maintenant commença à m'émoustiller. Dès qu'il me sentit assez humide à son goût, il baissa slip et pantalon à mi-cuisse et m'enfourna directement. Pour rester dans le registre sylvestre, j'aurais pu dire qu'il me maniait avec autant de délicatesse qu'un bucheron tient sa hache pour entailler un tronc d'arbre. Mais sa gaucherie me faisait vibrer sous l'écorce ! La situation inhabituelle et la position précaire contribuèrent à m'exciter.

Une surprise bien plus cocasse allait survenir. Tandis que Christophe me culbutait sur le siège passager, je sursautai en apercevant un témoin de la scène à travers la vitre de la voiture. Christophe crut que ce sursaut et le petit cri que j'avais poussé n'étaient qu'une conséquence de ses coups de queue. Le témoin, que je distinguais à peine dans la pénombre, n'était autre que mon voisin de palier.

Il me fit signe, le doigt posé sur la bouche, de me taire. De l'autre main, il se branlait en contemplant la scène. Sa présence me fit l'effet d'une douche froide et j'eus du mal à me concentrer sur mon partenaire. Comme hypnotisée par le spectacle de cet homme s'exhibant devant moi, je ne le quittais plus des yeux. Christophe était trop occupé pour remarquer sa présence. L'excitation conjuguée de ces deux hommes finit par déclencher la mienne. Je gémis de plus en plus fort. Christophe me donna l'assaut final. Il jouit quelques secondes après moi.

Quand je rouvris les yeux, notre voyeur avait disparu.

L'opportuniste.

mardi 7 mai

On sonna à la porte.

Je me demandai qui ça pouvait bien être à cette heure. Paul ne rentrait jamais avant dix-neuf heures en semaine. Par le judas, je reconnus mon voisin de palier. Immédiatement l'épisode d'hier me revint à l'esprit. J'entrouvris la porte.

— Bonjour. Je venais m'excuser pour hier.

— Bonjour. Ce n'est pas forcément le genre de choses sur lesquelles j'ai envie de revenir. C'était assez embarrassant pour moi.

— Je comprends. Pour moi aussi. On peut se parler cinq minutes ? Je veux dire, ailleurs que sur le pas de la porte.

J'hésitai avant d'accepter. Il n'avait pas l'air si méchant. C'était même plutôt le contraire.

— Venez. Rentrez.

Je lui fis signe de me suivre.

— C'est joli chez vous.

— Merci. Installez-vous, je vous en prie.

— Merci. Voilà, j'ai peur de passer à vos yeux pour un pervers.

— Ça changerait quoi ?

— Pas grand-chose, en effet. Mais j'avais aussi envie de vous remercier, si ça ne vous contrarie pas.

— Me remercier de quoi ?

— Du plaisir que vous m'avez donné.

— C'est plutôt vous qui vous l'êtes administré, non ?

— Oui, mais vous ne m'avez pas demandé de partir non plus.

Je commençai à deviner l'idée qu'il avait derrière la tête. Mais en ce premier jour de règles, le pauvre était particulièrement mal tombé. Je décidai de l'expédier au plus vite, avant d'être vraiment agacée.

— Écoutez, je vous remercie de vous être excusé. Non, je ne vous prends pas pour un pervers. Si vous voulez, je peux même vous offrir un café, mais ensuite, je veux que tout ceci en reste là. On oublie, comme si rien ne s'était passé. OK ?

— Ça nous rend un peu complices d'avoir partagé ce moment.

— Je ne vois pas les choses comme ça. Je ne me sens complice de rien du tout.

Je me contenais avec de plus en plus de difficulté. Il avait le don de m'énerver.

— Un peu complices, quand même. Il ne me semble pas avoir reconnu votre mari dans la voiture.

— Ah, non. Pas d'insinuation de ce genre. J'ai déjà donné. On va vraiment en rester là. Je vous raccompagne.

— Je vous croyez plus aimable que ça.

— Mais, oui ! C'est ça ! « Bonjour, Bonsoir » à l'avenir, ce sera suffisant. Merci de votre visite.

Je le raccompagnai en le poussant légèrement pour accélérer le mouvement.

— Mais oui, connasse !

Je lui laissai le mot de la fin et lui claquai la porte au nez.

Vive le foot

Invités par Laure et Étienne, nous fûmes accueillis comme des rois. Laure mettait les petits plats dans les grands pour recevoir son frère. Cette journée fut des plus agréables.

En fin d'après-midi, il me sembla cependant remarquer une attitude légèrement hostile à mon égard de la part de mes nièces. Je lus dans leurs yeux un soupçon de défiance et dans leurs paroles, une bonne dose d'agressivité.

Était-ce le fruit de mon imagination ou une réalité ? Mes supputations me conduisirent à deux hypothèses : soit ce n'était rien de personnel, et je devais mettre leur agressivité sur le compte de l'adolescence, soit elles me reprochaient vraiment quelque chose.

Comme j'avais tendance, par culpabilité, à tout ramener à l'infamie de ma vie dissolue, je penchai pour la seconde hypothèse. Mais pour cela, il fallait qu'elles soient au courant. Or, seul Alex dans la famille savait. J'en conclus qu'il avait mis ses cousines dans la confidence.

Cette déduction provoqua un grand malaise en moi. Je ne voulus pas rester plus longtemps sous le regard de ces deux harpies. Je pressai Paul pour que nous partions après la collation. Bien que sa sœur voulût nous retenir pour le repas du soir, il ne se fit pas prier pour prendre congé. Il m'avoua dans la voiture qu'il y avait un match de foot à la télé, et qu'Étienne n'était pas branché sport.

Qui a dit que le foot n'était pas bon pour la paix des ménages ?

Carton rouge

jeudi 9 mai.

J'avais consommé avec chacun de mes collègues et les matinées au boulot ressemblaient de plus en plus à des « guet-apens ».

Pas facile de faire comprendre à des mâles en rut que vous êtes au beau milieu de vos menstruations et qu'ils ne bénéficieront d'aucun coup franc en leur faveur.

A chaque allusion grivoise, je distribuai des cartons rouges, aux couleurs des « règles du jeu ».

Le sifflet des copains

vendredi 10 mai dans l'après-midi

Dans l'après-midi, Alex débarqua avec deux copains que je ne connaissais pas, deux garçons charmants au demeurant. Mais d'une part, j'étais plutôt mal disposée à son encontre, persuadée qu'il n'avait pas su tenir sa langue avec ses cousines et d'autre part, j'étais toujours indisposée. Ils venaient « soi-disant » regarder un film. Ils s'installèrent au salon pendant que je préparais le thé.

Alex me rejoignit dans la cuisine :

— Qu'est-ce que tu es vraiment venu faire ici avec tes copains ?

— Je t'assure, on voulait simplement voir un film.

— Lequel ?

Aucune réponse.

— Ne me dis pas que tu avais l'intention de leur montrer le DVD de ...

Je n'arrivai pas à nommer ce DVD, mais Alex avait parfaitement compris de quoi il s'agissait.

— J'en sais rien.

— Je ne veux pas que tu décides de ce genre de choses sans m'en parler avant ! J'ai mon mot à dire. Je compte sur ta discrétion.

— Oui, tu peux.

— T'es sûr ?

— Mais oui !

— Ah, oui ? Pourtant je sais que tu as parlé à Suzanne et Lucie !

— Faut toujours qu'elles caftent celles-là !

— Et si elles parlaient à leur tour ?

— Vaut mieux pas pour elles, avec ce que je sais à leur sujet ! Si je leurs ai dit, c'est que nous sommes très intimes, si tu vois ce que je veux dire, Lexia...

Décidément, cette famille avait pas mal de secrets.

— T'es en colère, Lexia ?

— Oui, tu n'aurais pas dû leur parler.

— Je regrette, ce n'était pas malin.

Il me regarda d'un air penaud et attendri.

— Tu es belle Lexia. J'ai envie de toi.

— Ce n'est pas possible, j'ai mes règles.

— J'y ai pensé toute la semaine. Ça me rend fou.

— Et bien tu devras attendre une semaine de plus.

— Tu ne peux pas me libérer avec ta main ?

— Ça ne va pas ? Tes amis sont là.

— C'est pas grave. Ça ne les dérangerait pas de regarder, tu sais...

— Je vois... Tu avais une idée derrière la tête en venant ici. Tu voulais que tes amis soient de la partie, non ?

— J'y avais pensé. Tu aimes bien mes amis. Pascal peut le confirmer. Et puis ce sont de vieux copains qui n'ébruiteront pas la chose.

— Je n'y crois pas ! Tu es en train de négocier pour m'offrir à tes camarades de classe !

— Allez ! S'il te plaît.

Il implorait une partouze. Les jeunes sont de plus en plus précoces...

Alex essaya de passer sa main sous ma jupe.

— Je t'ai dit que j'ai mes « machins ».

Il m'embrassa avec passion. Son baiser me donna envie de lui faire plaisir.

Je m'agenouillai, ouvris doucement sa braguette, passai ma main dans son slip pour en extraire son long sexe encore flexible. Je lui jetai un regard malicieux en le prenant entre mes lèvres. Il durcit sur toute sa longueur en quelques secondes, et pointa au plafond avec force. Je dus me relever un peu pour poursuivre ma fellation. Il ne me lâcha pas des yeux.

Mon attention fut attirée par un bruit. Je me retournai. Dans l'encadrement de la porte, je vis ses deux copains. Ils observaient la scène.

— Approchez-vous. Baissez vos pantalons.

Ils s'exécutèrent illico. Tous deux présentaient une belle érection.

— Je vois que le spectacle a déjà fait son effet.

Je saisis une queue dans chaque main. Je branlai et suçai doucement ce trio improbable.

Le plus grand me regarda fixement, au bord de la syncope, tandis que le plus petit fermait les yeux pour mieux ressentir mes caresses.

Je portai mon dévolu sur le plus fébrile. En léchant son sexe de la base à l'extrémité, je le capturai par surprise entre mes lèvres. Je virevoltai avec ma langue pour lui offrir des sensations extrêmes, sans doute trop vives pour un jeune homme inexpérimenté. Et l'effet désiré ne tarda pas à se produire. Il déchargea sur ma langue en moins de deux. Quand les dernières secousses prirent fin, il me contempla d'un air fat, un sourire béat sur les lèvres.

Je voulus faire subir le même sort à son camarade et répétai les mêmes gestes, tout en branlant Alex. Il était plus endurant. Pas de beaucoup. Il résista une minute de plus. J'esquivai ses longs jets qui s'écrasèrent sur le meuble de la cuisine.

Alex ne me laissa pas le temps de souffler. Trop excité par la scène, il m'enfourna lui-même son membre dans la bouche. Je relevai le défi et oscillai de la tête en cadence. Je l'engloutis aussi loin que possible, c'est à dire guère plus de la moitié, vu la longueur de sa verge. Je chatouillai son entrejambe, l'effleurant du bout des ongles.

Mon majeur titilla sa rosette et mon pouce massa son périnée. Ce contact le surprit, et il marqua un temps d'arrêt. Troublé, il reprit ses va-et-vient sans retrouver sa synchronisation précédente. Je perçus sous mes doigts les ondes de plaisir qui l'envahissaient. Ses contractions firent jaillir la source. Il éclaboussa mon visage.

La tension était redescendue d'un cran et la réalité m'apparut plus crue. Un drôle de tableau à vrai dire : trois lycéens, « quéquettes » à l'air au beau milieu de la cuisine, et moi, le visage barbouillé de sperme.

L'arbitre avait « sifflé les trois coups ».

Fin du match.

Le calme avant la tempête

samedi 11 et dimanche 12 mai.

Nous n'avions plus mis les pieds au cours de Salsa depuis le mois de mars. Ça me manquait, et j'ai proposé à Paul d'aller danser.

J'avais toujours eu envie d'apprendre. Paul m'accompagnait bon gré, mal gré. Il était un cavalier honorable. Pour ma part, je n'étais pas spécialement douée.

Malgré la longue absence, je ressentis une aisance corporelle plus grande et une volupté décuplée dans les mouvements chaloupés de mon corps. Sans doute les effets de mon dévergondage effréné.

Paul me chuchota à l'oreille :

— Tu es sensuelle, mon Cœur.

— Je te fais de l'effet ?

— Arrête ! En tout cas, tu dois faire de l'effet au gars à la chemise rouge, il ne te lâche pas du regard...

— T'es jaloux ?

— Ça m'énerve un peu, mais non, je ne suis pas jaloux. Tu es à moi et rien qu'à moi. Je ne vais pas me plaindre parce que les mecs te trouvent jolie, pas vrai ?

— Oui, mon Amour. Rien qu'à toi.

Je regardai à la dérobée par-dessus son épaule. Je croisai le regard du danseur à la chemise rouge.

— Tu as raison. Cet abruti ne me quitte pas des yeux. Tu vas le provoquer en duel ?

— N'importe quoi ! Je n'ai pas le panache de Cyrano de Bergerac...

— Tu n'as pas non plus son nez mon chéri.

— Tu ne t'en plaindras pas, par contre ?

J'ai failli faire une gaffe pour le plaisir d'un bon mot. Mais j'ai gardé ma répartie pour moi : « *Grand nez, grande queue, ce qu'on gagne d'un côté, on le perd parfois de l'autre* ».

Diplomatiquement, je lui dis ce qu'il voulait entendre.

— Oui, mon chéri, j'adore ton petit nez.

La taille d'un nez peut changer la face du monde. Je me remémore aujourd'hui la citation de Blaise Pascal : « *Le nez de Cléopâtre, s'il eût été plus court, toute la face du monde aurait changé.* »

Je n'ose imaginer que celui de Paul fût plus court, mais s'il eût été plus long, il aurait peut-être changé le cours de notre histoire.

Nous avons changé de continent.

J'ai réussi à convaincre Paul de voir un film d'animation japonais : « Le Voyage de Chihiro ». Ce ne fut pas évident. Pour preuve, à la maison, je devais regarder seule ma collection de DVD Disney. Mais je dois avouer que j'avais mis autre chose dans la balance : le prochain « Starwars » qui sortait la semaine suivante. S'il m'emmenait voir « Le Voyage de Chihiro », j'irais voir avec lui « La Guerre des Clones ».

Mon petit chantage a eu du bon puisque ça lui a plu. Pas surprenant, c'était un chef d'œuvre.

La soirée s'est poursuivie dans un restaurant japonais devant un plat de sushis. De retour à la maison, Paul s'est endormi sagement comme un enfant dans mes bras.

Et moi qui croyais que le gingembre était un aphrodisiaque...

Le dimanche s'écoula paisiblement. J'y trouvais du réconfort. Mais je me réjouissais trop vite d'avoir ramené le calme dans mon couple, le calme avant la tempête...

« Qui sème le vent, récolte la tempête. »

Un voisin trop bavard

lundi 13 mai.

— Bonsoir Chérie.

— Bonsoir, mon Amour.

— Il est bizarre ce Moreau.

— Qui ça ?

— Notre voisin de palier. Je viens de le croiser. Il me salue une fois sur deux, limite si j'existe. Et voilà qu'aujourd'hui, il me parle tout mielleux. Il aurait une chose importante à me dire avant la réunion du prochain syndic.

Mon sang ne fit qu'un tour. Je devins blême. Je le cachai du mieux que je pouvais.

— Je ne l'aime pas non plus. C'est vrai qu'il est bizarre. Ça doit concerner le ravalement. Si tu veux, je passerai le voir demain, comme j'ai plus de temps que toi.

Je bouillais intérieurement. Si j'avais été un homme, je serais allée immédiatement lui mettre mon poing sur la figure. Malheureusement, je ne pouvais que ravaler ma colère. Je me promis d'aller lui rendre visite le lendemain.

« Call me Call-Girl »

mardi 14 mai

Folle de rage, je sonnai et tambourinai à la porte de monsieur Moreau. Il entrouvrit.

— Tiens, on veut renouer le dialogue ?

— Espèce de petit con, tu cherches quoi ?

Je ne m'étais jamais montrée aussi vulgaire depuis une dispute au lycée avec une camarade de classe.

— Entrez, je vous en prie.

Pour désamorcer la crise, le monsieur voulait la jouer grand seigneur. Sa courtoisie forcée me mit hors de moi.

— Sûrement pas !

— Je crois qu'il y a assez de monde au courant, sans avoir besoin de faire un esclandre sur le palier. A moins que vous ne préfériez que je sonne le clairon ?

J'entrai.

— Qu'est-ce que tu veux raconter à mon mari ?

— Je veux l'entretenir du règlement des parties communes de la copropriété.

— Mais oui, c'est ça !

— Parfaitement. En particulier lui rappeler quelques détails sur l'usage du parking.

— Et tu te sens fort en déballant des conneries pareilles ?

— Ce ne sont pas des conneries. A la rigueur une mauvaise interprétation de ma part. Je veux lui poser la question suivante : Est-ce que sa femme confond parties communes et privatives, ou, est-elle carrément incluse dans les parties communes ? Auquel cas, chacun en posséderait quelques tantièmes et en ferait usage à son gré. Je penche pour la deuxième hypothèse, sur ce que j'ai pu constater.

Ses façons « pince-sans-rire », maniant l'ironie à mes dépends, m'exaspérèrent. Il garda son calme tandis que je perdis définitivement le mien.

— Tu es vraiment une merde !

— Je ne vous permets pas de m'insulter !

— Tu ne t'es pas gênée pour me traiter de connasse.

— Je ne me suis pas permis de vous traiter de pute. J'ai préféré mettre les formes.

— Vas-y. Ne te gêne pas. Ça te ressemblerait davantage.

— Ça ne me gênerait pas, car tu es une pute. Reste à savoir si ton mari sait que tu en es une !

Petit signe d'énervement, il me tutoyait de nouveau. Le masque était tombé et il révéla ainsi son vrai visage.

Tandis que j'allais ergoter sur le terme de pute, et conclure que j'étais juste une salope que jamais il ne posséderait, il me vînt une idée plus saugrenue que lumineuse...

— C'est déjà bien que toi tu le saches. Si tu m'as fait venir ici pour en parler, c'est que je t'intéresse. Je crois cependant être au-dessus de tes moyens.

Il écarquilla les yeux.

— Tu en es vraiment une ?

Prenant un air supérieur et la jouant blasée, j'enfonçai le clou :

— Et oui ! La grande révélation...

Interloqué, il garda le silence de longues secondes. Lorsque le sang recommença à affluer au cerveau, ce fut la première partie irriguée chez un homme qui s'exprima :

— C'est combien ?

— Je vois que tu maîtrises déjà la démarche commerciale. Mes tarifs commencent à partir de trois cents euros. Ni chèque, ni carte bleue, que des espèces.

Je jouai les « Madame-réponse-à-tout », pour lui signifier qu'il s'agissait d'une question de routine. Il tiqua devant le tarif annoncé.

— Ah, quand même !

— Oui, tu vois, je suis trop chère pour ta petite bourse.

Prenant de l'assurance, je voulus pousser mon avantage plus loin. J'endossai totalement mon rôle et ajoutai :

— Au passage, je tiens à te dire la chose suivante : on rend tous des comptes à quelqu'un. Pour être tranquille dans cette activité, j'ai un souteneur. Si tu t'avisais d'une manière ou d'une autre à me nuire, si tu vois ce que je veux dire, je te promets que ce n'est plus moi que tu verrais débouler dans ton appartement. A bon entendeur, salut.

Le petit maître chanteur était déconfit. Je tenais ma revanche. Sûre de mon triomphe, je m'apprêtai à quitter la pièce quand il me rattrapa :

— Attendez ! Je crois qu'on va pouvoir s'arranger.

Il se dirigea vers le buffet de la salle à manger. Il se hissa sur la pointe des pieds, se saisit d'une boite cachée au-dessus du meuble pour en extraire une liasse de billets. Il la défit et se mit à compter devant moi.

— Vingt, quarante, soixante, etc. ... et quinze, qui font trois cents.

Il me tendit les billets que je saisis machinalement.

— Avec mes plus plates excuses. J'ai droit à quoi avec ça ?

J'avais retourné la situation avec une histoire à dormir debout. Mais devais-je aller au bout de ce délire et en accepter les conséquences ?

Je méditai l'adage : « *il vaut mieux tourner sept fois sa langue dans sa bouche avant de parler* ». Je me sentis toute piteuse et balbutiai :

— Une pipe.

Quelques instants plus tard, ma langue tournait plusieurs fois dans ma bouche sans que je puisse parler. Non, je n'avais pas mis en pratique l'adage précédent, mais je suçai mon premier client...

Qui sait si je n'approfondissais pas les voies de la sagesse avec son pieu dans ma gorge ? C'était une victoire à la Pyrrhus. J'en ai encore le goût amer dans la bouche. J'avais vendu mes charmes pour acheter son silence.

La paix romaine avait un prix.

Échange de bons procédés

mercredi 15 mai.

Le matin, je reçus un coup de fil à l'agence de Monsieur Macchias. Il venait aux nouvelles à l'échéance « du contrat ». Il m'invita à le rejoindre dans l'après-midi.

Première surprise, le lieu de rendez-vous était un club privé. Ambiance feutrée, lumière tamisée, musique douce, nous avons pris une coupe de champagne au bar. Nous étions les seuls clients. Le patron, un homme très affable, a échangé les politesses d'usage puis, Monsieur Macchias m'a conduite dans un petit salon pour bavarder tranquillement.

— Je voulais savoir où tu en étais dans la délicate mission que je t'ai confiée.

Je me sentis penaude devant lui. Les yeux baissés, je bredouillai :

— C'est fait.
— Les trois ?
— Oui.
— Je savais que tu étais irrésistible. Alors, bienvenue chez Macchias & Wells. J'ai tenu à t'amener dans un lieu spécial pour fêter l'évènement. Connais-tu l'endroit ?

— Non, du tout.

— C'est un club libertin. Il est ouvert en après-midi pour les « 5 à 7 » de couples échangistes.

— Ah...

— Pas de chance, aujourd'hui il est désert. Mais je peux remédier à la chose. Ça ne te dérange pas si je fume ?

Sans même attendre la réponse, il sortit une cigarette, l'alluma, et inspira profondément une première bouffée. L'arrogance de son attitude créait toujours un malaise chez moi. Il garda le silence le temps de fumer sa cigarette. Les volutes de fumée emplissaient l'espace qui nous séparait. Quand je me mis à toussoter, il écrasa sa clope à moitié consumée. Quel gentleman !

Il reprit, de son éternel air détaché, comme si la chose allait de soi :

— Au fait, je m'occupe d'organiser ton pot de départ.

— Comment ça ?

— J'ai une villa que j'ai mise en vente dans ta propre agence. J'ai voulu faire un petit geste de remerciement et j'ai mis le lieu à disposition pour vendredi à midi. Champagne, petits fours et repas d'un traiteur chic : tout est prévu dans le moindre détail.

— Vous ne m'avez même pas consultée !

— J'étais sûr que tu accepterais.

— ...

— C'est juste un bon moment que je t'offre pour dire adieu à tes collègues. N'y vois rien d'autre.

— Oui, bien sûr...

— Tiens, voilà mes amis, Claude et Sharon.

Je vis arriver un couple improbable. Un vieux monsieur rabougri dans un costume trop bien taillé pour lui et une sculpturale créature blonde avec des yeux bleus magnifiques qui me fascinaient par la pureté et l'intensité de leur couleur.

— Sharon. Je te présente Alexandra.

Elle se pencha vers moi. Tandis que je m'apprêtais à lui faire la bise, elle posa ses lèvres sur les miennes et les mouilla du bout de sa langue. Jamais je n'avais été aussi troublée de toute ma vie. Rien de plus inattendu ne pouvait surgir à cet instant.

Par réflexe, je me reculai pour me soustraire à ce baiser. Mais elle m'empoigna par la chevelure pour me ramener à sa bouche et m'embrassa sans retenue. Sa langue se fraya un chemin et s'emmêla à la mienne.

Quand Sharon lâcha prise, elle me laissa sonnée comme un boxer après un KO. J'étais subjuguée. Mon cœur battit la chamade et les pensées se bousculèrent en moi : « *Est-il possible que j'aime les femmes ?* » Jamais l'idée ne m'avait effleuré l'esprit.

— Rien de tel qu'un baiser pour faire connaissance, plaisanta son compagnon.

— Alexandra, voici un vieil ami : Claude.

— Je suis un peu moins entreprenant que ma femme. Puis-je vous baiser... la main ?

Il avait volontairement marqué une pause dans sa phrase pour faire un mauvais jeu de mot et accentuer la confusion de mon esprit. Il saisit ma main et me fit un baisemain des plus chastes.

— S'il te plaît, Sharon, fais visiter la boîte à Alexandra. Je dois m'entretenir avec Vladimir.

Sharon me prit par la main et m'entraîna vers un escalier en pierre de taille qui descendait au sous-sol. Je la suivis, enveloppée dans les effluves de son parfum.

Je découvris une cave voûtée transformée en piste de danse, qui donnait sur d'autres pièces aménagées en alcôves. Elle esquissa quelques pas de danse et me fit tourbillonner vers l'une d'entre elles. Elle tira les rideaux. Cachées dans cet espace intime, aux murs capitonnés de velours, j'admirai sa chute de rein, dévoilée par sa robe moulante échancrée. Cette fille était une vraie déesse.

Elle se retourna, planta son regard dans le mien, et me donna le plus délicieux des baisers que je n'ai jamais reçu. Je bus à ses lèvres et voulus prolonger le délice jusqu'à plus soif. Je restai pantelante quand sa bouche se décolla de la mienne.

Elle dirigea le mouvement, je me laissai faire. Elle me fit asseoir sur le bord du lit et ôta ma culotte du bout des ongles.

Ses mains n'avaient pas encore touché ma peau. Je n'attendais que cela. Elle huma mes cuisses. Je sentis son souffle sur ma peau. Je mourais d'envie que ses lèvres me touchent enfin. Elle posa sa langue toute chaude sur ma rosette et s'immobilisa quelques secondes. La sensation était divine. J'en tremble encore à la simple évocation.

Elle aspira mon clitoris, lapa ma fente en déployant mes lèvres en corolle. Tous mes précédents partenaires me paraissaient de bien piètres amants devant cette naïade.

Je m'abandonnai à cette femme. Elle me posséda avec ses doigts et sa bouche. J'aurais volontiers prolongé le plaisir pendant des heures, mais ses coups de langue eurent raison de mes envies. Elle me donna un merveilleux orgasme.

Je me relevai chancelante de plaisir pour l'embrasser tendrement. Je me fis la confidence qu'il n'était pas impossible que je tombe amoureuse d'une femme, surtout si elle ressemblait à Sharon.

— A ton tour de goûter un minou, Alexandra.

Elle fit glisser son string à ses pieds et s'allongea devant moi les jambes repliées et écartées. Je contemplai sa féminité parfaitement épilée. L'envie de lui rendre la pareille accaparait mon esprit. C'est le plus naturellement du monde, que j'ai embrassé pour la première fois de ma vie une chatte. Je me délectai de sa cyprine qui perlait déjà.

Le rideau s'ouvrit brusquement. Monsieur Macchias et son ami Claude nous observèrent. Claude s'extasia devant le tableau :

— N'est-ce pas ravissant ?

— Je dirais même mieux, c'est ravissant, répliqua Monsieur « Dupond D. » Macchias.

— On peut participer ?

Je ne peux pas dire que cette proposition m'enthousiasma mais Sharon répondit à ma place :

— Avec plaisir, mon Chéri.

Claude se déshabilla et enjamba sa femme. Il était à califourchon sur elle, lui tournant le dos, et me présenta son sexe à sucer juste au-dessus de celui de Sharon.

Je n'avais pas spécialement envie de lui offrir ce plaisir mais, dans le feu de l'action, je me pliai à son injonction et partageai mes caresses buccales entre les deux époux.

Monsieur Macchias se contentait de regarder. Claude se masturba au-dessus de mon visage et m'aspergea pendant que je léchais sa femme.

Le plaisir avait disparu mais, consciencieusement, je poursuivis mon cunnilingus jusqu'à ce que Sharon jouisse dans ma bouche.

Elle me chuchota à l'oreille en se rhabillant :

— Merci mon Cœur. J'espère te retrouver bientôt.
— Moi aussi.

Je fermai les yeux pour savourer un dernier baiser.

Échange de bons mots.

La matinée fut des plus calmes. J'étais seule à l'agence, les trois autres étant en rendez-vous.

J'ai mangé seule à maison, puis je me suis installée pour faire du repassage. Pour mettre un peu d'ambiance, j'ai voulu écouter de la musique. J'ai allumé mon PC.

Rétrospectivement, je me dis que ce ne fût pas la meilleure idée que j'ai eu de ma vie. J'ai créé une « playlist » de musiques cubaines. Dans le même temps, quasi machinalement, j'ai vérifié mes messages et je me suis connectée sur « MSN ». Et comme par hasard, je suis tombée sur David. Je n'avais pas spécialement envie de bavarder, mais il a entamé la conversation.

— Bonjour Lexia. Tu vas bien ?

— Ça va et toi ?

— Oui. Mais tu me manques.

— Ton amie n'est pas rentrée ?

— Si, mais c'est à toi que je pense, même quand je lui fais l'amour.

— Je t'ai marqué à ce point ?

— Oui, j'ai adoré te faire l'amour. J'en rêve tous les soirs.

— Houlà ! Faut pas tomber amoureux, David. C'était juste pour le fun, toi et moi...

— Oui. Je sais. N'empêche que je t'ai dans la peau et que j'ai envie qu'on se voit encore.

Je n'avais vraiment pas envie d'entendre ça. David n'était à mes yeux qu'une partie du contrat. Ce n'était ni un amant extraordinaire, ni un type intéressant. Je ne voyais aucune raison de répondre à ses désirs.

Je trouvai un prétexte pour m'éclipser.

— Je vais devoir te laisser, j'entends quelqu'un à la porte. Bizzz.

Ces quelques lignes malheureuses allaient jouer un rôle décisif sur le cours des évènements.

L'arroseuse arrosée.

vendredi 17 mai

Jocelyn s'était organisé pour que l'agence soit exceptionnellement fermée ce vendredi après-midi.

Mes trois collègues furent débordés toute la matinée, mais précis au rendez-vous à douze heures devant l'agence.

Nous avons pris la voiture de Jocelyn pour nous rendre à la villa, prêtée pour l'occasion par Monsieur Macchias. Sacrée villa ! Une grande et belle bâtisse du dix-neuvième, donnant directement sur le parc de Vincennes.

A notre arrivée, le maître d'hôtel nous conduisit jusqu'à la salle à manger où le couvert était déjà dressé. Table fleurie, linge de maison, vaisselle en porcelaine, couverts en argent, chandeliers finement ouvragés, pour reprendre la formule : « *Tout n'était que ordre, calme, luxe et volupté.* »

Chacun s'extasiait sur le lieu, la qualité des mets ou la subtilité des vins qui nous étaient servis : un vrai feu d'artifice de saveurs. Tant et si bien que la tête me tournait à la fin du repas.

— Je lève mon verre à la plus délicieuse des collaboratrices, qui, à regret, nous quitte. A Alexandra ! A Lexia ! pour les intimes ...

Les deux autres reprirent en cœur :

— A Lexia !

C'est vrai que nous étions tous très intimes...

— Un discours ! Un discours ! Un discours ! S'époumona Christophe.

Les deux autres me pressèrent de m'exécuter.

— Allez Lexia ! Sois pas timide !

— OK. OK. D'abord, merci d'être là pour fêter ce départ. J'ai vraiment apprécié travailler avec vous.

Dans le brouhaha qui s'ensuivit, je compris que mes mots recevaient l'approbation générale, et que le plaisir était partagé. Je poursuivis :

— Merci Jocelyn de m'avoir fait confiance, et de m'avoir embauchée dans ton agence. J'espère me sentir aussi épanouie dans mon futur job. Merci Christophe et David. Ce fut un plaisir de vous avoir comme collègues. Bonne chance à tous pour la suite. De toute façon, ce n'est pas un adieu, mais juste un au revoir !

Tous trois entonnèrent le chant du départ dans l'hilarité générale.

— Ce n'est qu'un au revoir mes frères ...

Je les accompagnai le verre à la main.

Quand le calme revint, le maître d'hôtel nous invita à passer au salon pour prendre le café. La pièce, de dimension comparable à la précédente, était décorée d'un mobilier de style Empire. En son centre trônait un superbe billard. Entre autres divertissements, je remarquai un jeu d'échecs et une table de black jack. On s'installa confortablement sur des fauteuils en cuir, autour d'une table basse. Chacun se vit proposer un digestif et un cigare. Je déclinai les deux, mais les hommes, avec ma permission, se laissèrent tenter.

— Et cette partie de cartes, on se la fait ? demanda Christophe.

— Ah mais oui, au fait ! C'est vrai que Lexia voulait faire un poker, rajouta David avec un sens de l'exagération remarquable.

— J'ai dit ça, moi ?

— Oui, oui, et je m'en souviens très bien, confirma Jocelyn.

— C'est marrant, je ne me souviens de rien !

Christophe fouillait déjà dans un tiroir de la table de jeux et en sortit, l'air triomphant, un paquet de cartes.

— Allez, venez ! ordonna Christophe.

— Moi, je ne sais pas jouer.

— Pas grave, ça s'apprend vite, répliqua-t-il. Jocelyn, explique-lui les règles, s'il te plaît.

— Ça m'arrangerait si tu connaissais les règles du poker Texas Hold'em, concéda Jocelyn.

— Un peu. J'y ai déjà joué.

— Bien, alors pour le strip-poker, c'est pareil. D'abord, pour que ce soit plus équitable, on part du principe que chaque joueur n'a officiellement que cinq vêtements. Chaque joueur possède une réserve de cent jetons. Dès que sa réserve tombe à zéro, il doit ôter un vêtement. En échange, il reçoit cent nouveaux jetons et ainsi de suite. Le dernier auquel il reste un habit a gagné.

Je ne sais pas si mes collègues trichaient mais je me suis rapidement retrouvée les seins à l'air et en petite culotte.

La chance tourna quelque peu et Jocelyn n'avait plus que son slip pour cacher sa nudité. Les deux autres gardaient encore leur pantalon. La tension monta d'un cran lorsqu'avec une jolie main, je me retrouvai à tapis contre Christophe. Quand, sur la « river », son brelan de rois eut raison de ma double paire as-dame, je compris que le sort s'acharnait contre ma vertu. Dans l'allégresse générale, Christophe fanfaronna :

— Comme c'est moi qui t'ai plumée, je réclame le droit d'enlever ta petite culotte.

David s'enthousiasma :

— Ah oui ! Enfin du spectacle !

Jocelyn voulut pimenter le tout :

— Pourquoi tu ne le ferais pas avec les dents ?

Christophe approuva :

— Bonne idée.

— Et moi, je suis censée accepter ?

— Faut dire que tu n'as vraiment pas le choix, assura David. Tu as perdu, Lexia.

— Toute nue, au milieu de vous trois, c'est comme me jeter dans la fosse aux lions.

Faisant mine de se déboutonner, Christophe gronda tel un dompteur de fauves :

— Ne t'inquiète pas, je peux sortir mon fouet.

David, en applaudissant, s'exclama :

— On se croirait au cirque !

Christophe, en pointant du doigt son patron, remarqua :

— Oui, regarde ! Jocelyn a hissé le plus grand chapiteau du monde !

Et David, qui devait « avoir mangé un clown », me réclama une exhibition des plus risquées :

— Lexia, fais-nous un numéro d'équilibriste, et si tu tombes, accroche-toi à la barre !

Lorgnant vers ce spectacle indécent et, faussement indignée, je m'offusquai :

— Et pourquoi pas un numéro d'avaleuse de sabre, tant que vous y êtes ?

Christophe acquiesça :

— Oh oui, en échange je te montrerai mes talents de cracheur de feu !

— On discute, on discute, mais Lexia a toujours sa culotte, remarqua Jocelyn.

— Oui, je vais exécuter la sentence, déclama Christophe. Allongez-la sur la table et tenez-la, ordonna-t-il.

David et Jocelyn me prirent par les poignets. Je faisais mine de me débattre.

— Non, lâchez-moi !

Jocelyn me souleva par la taille et me déposa sur la table. Les bras en croix, fermement tenue par les deux autres gaillards, Christophe écarta mes cuisses. Je sentis son visage sur mon ventre. Il taquina ma culotte avec ses dents. Passant dans l'échancrure de l'entrejambe, sa langue se glissa sous ma culotte et, en un souffle, lécha ma fente. Surprise, je poussai un soupir de plaisir. Encouragé par ce gémissement, il entreprit de laper mon pot à miel à travers le tissu, débordant largement sur la peau de mes cuisses. Jocelyn et David avaient chacun posé une main sur mes seins. Christophe ôta ma culotte, je soulevai légèrement mes reins pour lui faciliter la tâche. Je mouillais abondamment. Je ne voulais plus qu'une chose me faire prendre. Christophe goûta mon jus jusqu'à me rendre folle. Les yeux fermés, je sentis des queues passer sur mon visage.

Enfin, Christophe m'empala. Je jouissais à chaque coup de queue. Une main faisait clapoter la mouille sur ma chatte. J'étais aux anges, ou plutôt, dans les flammes de l'enfer. Je brûlais de désir. J'embouchai goulûment les deux queues qui me poursuivaient.

— Quelle gourmande !

— Y a pas à dire, elle aime la queue !

— Poussez-vous, je vais décharger dans sa bouche.

Christophe laissa un vide entre mes cuisses. Sa queue se fit impérieuse et intrusive dans ma bouche. Il dégorgea tout son foutre en de grandes giclées. Une autre verge avait déjà pris la place laissée vacante dans mon antre dégoulinant.

— Quelle salope ! Elle est vraiment trop bonne !
— Je vais te la mettre dans le cul. Tu vas aimer ça !

Jocelyn releva mes cuisses jusque sur ma poitrine et commença l'exploration de mon anus avec sa trique ruisselante. Le passage restait étroit et j'avais du mal à me détendre. Il insista et, malgré mes contorsions, l'enfonça jusqu'à la garde. Mes râles de douleur furent étouffés par la queue de David, qui baisait ma bouche comme il l'aurait fait d'un vagin.

Christophe palpa mes seins et malaxa mon clitoris pour faire passer le « morceau ». Petit à petit, l'envie revint, encore plus forte, encore plus intense. Jocelyn accéléra la cadence. Je me livrai totalement à la sensation de son sexe dans mes fesses et oubliai tout le reste. Je percevais des mains qui parcouraient mon corps à la recherche d'un téton, d'un bout de chair, d'une parcelle de peau. Dans ce vertige de sensations, un orgasme explosa dans ma tête, l'onde de choc se propagea à chacune de mes cellules. J'ai senti la chaleur de sa semence se répandre sur mon ventre. Il tapota sa verge sur ma chatte. La sensation, trop vive, m'obligea à me dégager de ce contact.

J'étais repue, mais David voulait son dû, excité par tant de débauche. Il commença par s'introduire dans ma chatte, puis il profita du passage ouvert par Jocelyn.

— Alors, comme ça, t'aimes te faire enculer ?

— Oui ! Vas-y ! Défonce-moi !

Je le provoquai car je sentais qu'avec un peu de vigueur, je ne tarderais pas à connaître un nouvel orgasme. La table tremblait sur ses pieds, et les jetons s'entrechoquaient en un bruit de maracas. Son endurance fut mise à rude épreuve et David déchargea dans mes fesses avant que je n'atteigne la « Terre Promise ». Je me trémoussai au bord de l'orgasme mais sans succès.

Christophe remarqua :

— Elle en veut encore. Je vais lui en donner ! J'ai toujours rêvé de l'enculer, notre petite Lexia.

Sa queue s'engouffra dans mes fesses et reprit le mouvement en piston que je réclamais de tout mon être.

— Oh oui ! Prends-moi ! C'est bon !

— Tiens ! Prends ça !

Il harponna mon cul avec tant de vigueur que j'explosai de nouveau. Le grand bleu ! Je fus déconnectée de la réalité pendant quelques minutes.

J'ouvris les yeux. Je repris peu à peu conscience du lieu et de la situation. Allongée sur la table de black jack, avec mes trois partenaires qui me caressaient doucement sur tout le corps, les orifices suintant, la peau enduite de sperme, je souriais béatement.

Christophe, qui n'en ratait jamais une, eut le mot de la fin :

— C'est ce qui s'appelle « arroser son départ ». A la tienne, Lexia !

Oui, j'avais mon compte pour aujourd'hui. J'étais l'arroseuse arrosée...

Plus de doute.

Au moment où j'ai croisé le regard de Paul, j'ai compris. D'une façon ou d'une autre, il savait. Le monde s'écroula sous mes pieds, je devins blême, mon cœur s'emballa.

— Alexandra.

Ça faisait des années qu'il ne m'avait pas appelée par mon prénom. Mon cœur ou mon bébé étaient les termes les plus courants quand il s'adressait à moi.

— Oui ?

— Comment as-tu pu me faire ça ?

— Te faire quoi ?

— Fais pas la conne, je sais tout.

— ...

— Alors ? Réponds !!!

— Qu'est-ce que tu sais ?

— Je viens de lire l'historique de tes conversations « MSN ». Tu es une traînée.

— ...

— Je veux que tu sortes de ma vie. Disparais ! Tu me dégoûtes !

— Mais, Paul...

— Non, rien ! Je ne veux plus rien entendre de toi. Le plouc dans l'histoire, c'est moi, alors pour rétablir un peu l'équilibre, tu vas prendre tes affaires et te casser sur le champ !

Je n'avais aucun argument.

Ce moment tant redouté venait d'arriver. Je m'étais enfoncée dans cette histoire avec comme seul espoir celui de ne pas le perdre, mais l'histoire m'avait changée. Je ne réalisais pas encore tout à fait ce qui arrivait. J'étais à cet instant partagée entre deux sentiments. L'immense tristesse de perdre Paul et la peur de l'inconnu.

Un troisième allait bientôt faire surface, le désir de vengeance. Macchias devait payer pour ce qu'il m'avait fait subir...

A suivre.

Résumés des épisodes

Épisode 1 : La caisse noire
mars 2002

Où Lexia doit répondre d'une caisse noire devant Monsieur Macchias, expert mandaté pour un audit, qui promet que tout va s'arranger.

Épisode 2 : Passer à la « ca... isse »
lundi 1er avril 2002

Où Lexia découvre que l'arrangement consiste à payer en nature la mansuétude du Monsieur.

Épisode 3 : Caisse de résonance
lundi 1er avril au soir

Où Lexia oscille entre remords et concupiscence.

Épisode 4 : Retrouver le fil
mardi 2 avril

Où Lexia prend de bonnes résolutions.

Épisode 5 : Un coup de fil
mercredi 3 avril

Où M. Macchias se rappelle au bon souvenir de Lexia, et profère des menaces à peine voilées.

Épisode 6 : La boite noire
jeudi 4 avril

Où un ignoble chantage, s'appuyant sur une vidéo de ses ébats adultères, entraîne Lexia dans une spirale infernale.

Épisode 7 : La boite à malice
lundi 8 avril

Où Lexia « fait la connaissance » de 2 proches collaborateurs de M. Macchias.

Épisode 8 : « Ta boite à camembert »
lundi 8 avril au soir

Où Lexia se sent coupable, mais ne dit mot à Paul.

Épisode 9 : Une vie parallèle
mardi 9 avril

Où Lexia se résout à reprendre son rôle d'épouse modèle.

Épisode 10 : Des pensées asymptotiques.
mercredi 10 avril

Où Lexia doit faire face à quelques idées fixes.

Épisode 11 : La tangente du DVD
jeudi 11 avril

Où Lexia aurait succombé à la tentation si le DVD n'avait pas disparu !

Épisode 12 : La boite de Pandore
vendredi 12 avril

Où Lexia découvre que son neveu Alex et son copain Pascal sont les fautifs.

Épisode 13 : Un week-end à la plage
samedi 13 avril et dimanche 24 avril

Où Lexia part en week-end à Deauville.

Épisode 14 : Le « redressement » fiscal
lundi 15 avril

Où Lexia « referme » le volet fiscal en écartant les cuisses à M. Bertrand.

Épisode 15 : Un marché ...immobilier ?
mercredi 17 avril

Où Lexia se voit proposer un marché en Or moyennant quelques « concessions ».

Épisode 16 : Marché conclu
jeudi 18 avril

Où Lexia accepte le marché.

Épisode 17 : Flagrant délit ... d'initiés.
vendredi 19 avril

Où Lexia surprend Alex et Pascal en train de regarder le DVD compromettant, et ne reste pas simple spectatrice.

Épisode 18 : Un week-end en famille
samedi 20 avril et dimanche 21 avril

Où Lexia appréhende les plaisirs de la vie de famille.

Episode 19 : Allumage
lundi 22 avril au matin

Où Lexia met M. Locco en confiance.

Épisode 20 : Amicalement vôtre
lundi 22 avril après midi

Où Lexia console Patrick, le meilleur ami de Paul, de ses déboires conjugaux.

Épisode 21 : Mise à feu
mardi 23 avril

Où Lexia embrase l'imagination de ses collègues.

Épisode 22 : Décollage
mercredi 24 avril au matin

Où Lexia joue à « Action ou Vérité » et s'envoie en l'air avec son patron.

Épisode 23 : Une Femme volage
mercredi 24 avril

Où Lexia savoure sa liberté sexuelle fraîchement acquise.

Épisode 24 : Droit de cuissage
jeudi 25 avril

Où Lexia s'applique dans son travail.

Épisode 25 : Quel cinéma !
vendredi 26 avril

Où Lexia découvre les joies d'être accompagnée au cinéma.

Épisode 26 : Mes amitiés à Madame
samedi 27 avril et dimanche 28 avril

Où Lexia est invitée chez Patrick et Christelle et savoure le petit déjeuner.

Épisode 27 : Une secrétaire zélée
lundi 29 avril

Où Lexia joue les secrétaires zélées.

Épisode 28 : Cyberespace
mardi 30 avril

Où Lexia explore le cyberespace avec David, un collègue timoré.

Épisode 29 : Un brin de muguet
mercredi 1er mai.

Où Lexia ne chôme pas dans le cyberespace.

Épisode 30 : Un brin étroite
jeudi 2 mai au matin

Où Lexia emprunte une voie étroite.

Episode 31 : Cybersexe
jeudi 2 mai en soirée

Où Lexia insiste pour que David se prenne en main.

Épisode 32 : Mise en orbite.
vendredi 3 mai

Où Lexia passe du cybersexe dans l'espace virtuel, au sexe de

son collègue dans son espace intime.

Épisode 33 : Premiers soupçons
vendredi 3 mai en fin d'après midi

Où Lexia s'insurge contre la suspicion de Paul.

Épisode 34 : L'ombre du doute
samedi 4 et dimanche 5 mai

Où Lexia essaie de dissiper les soupçons de Paul.

Épisode 35 : Une voix de garage
lundi 6 mai

Où Lexia découvre l'inconfort des sièges autos.

Épisode 36 : L'opportuniste
mardi 7 mai

Où le voisin voyeur veut devenir acteur.

Épisode 37 : Vive le Foot !
mercredi 8 mai

Où Lexia et Paul sont invités chez Laure et Étienne.

Épisode 38 : Carton rouge
jeudi 9 mai

Où Lexia esquive ses collègues, règles obligent.

Épisode 39 : Le sifflet des copains
vendredi 10 mai

Où Lexia arbitre entre Alex et ses deux copains.

Épisode 40 : Le calme avant la tempête
samedi 11 et dimanche 12 mai

Où Lexia passe un week-end tranquille.

Épisode 41 : Un voisin bavard
lundi 13 mai.

Où Lexia pressent des troubles du voisinage.

Episode 42 : « Call me Call-Girl »
mardi 14 mai

Où Lexia s'entend demander : « C'est combien ? »

Épisode 43 : Échange de bons procédés
mercredi 15 mai.

Où Lexia découvre les plaisirs saphiques.

Épisode 44 : Échange de bons mots
jeudi 16 mai.

Où Lexia laisse échapper quelques indices.

Épisode 45 : L'arroseuse arrosée
vendredi 17 mai

Où Lexia se fait « arroser » pour son pot de départ.

Épisode 46 : Plus de doute
samedi 18 mai

Où Paul découvre le pot aux roses et quitte Lexia.

Liste des personnages

Alexandra A.	Héroïne, surnommée Lexia
Paul	Mari d'Alexandra
Bérengère	Sœur d'Alexandra
Sonia	Amie et associée de Bérengère
Jacques	Frère de Paul
Micheline	Femme de Jacques
Alex	Neveu de Paul, fils de Jacques
Laure	Sœur de Paul
Étienne	Mari de Laure
Suzanne	Nièce de Paul, fille de Laure
Lucie	Nièce de Paul, fille de Laure
Pascal	Camarade d'Alex
Patrick	Meilleur ami de Pau
Christelle	Femme de Patrick
Vladimir Macchias	PDG de M&W
Éric	Collaborateur de M&W
Arnaud	Collaborateur de M&W
M. Bertrand	Agent du fisc
Jocelyn Locco	Patron agence immobilière

Christophe Markowitz	Agent immobilier
David Poulain	Agent immobilier
M. Moreau	Voisin de palier
Claude	Vieil ami de V. Macchias.
Sharon	Femme de Claude

Table des matières

www.ingramcontent.com/pod-product-compliance
Lightning Source LLC
Chambersburg PA
CBHW070100260626
47160CB00004B/1265